婚約破棄の手続きはお済みですか？

第二の人生を謳歌しようと思ったら、ギルドを立て直すことになりました

あかこ

23799

角川ビーンズ文庫

Contents

◆プロローグ　007
◆一章　婚約破棄の手続きはお済みですか？　017
◆二章　組織改編を行いますか？　073
◆三章　目標を設定しましょうか？　118
◆四章　引退の手続きはお済みですか？　168
◆五章　任務達成でよろしいでしょうか？　201
◆エピローグ　244
◆あとがき　250

パトリシア・セインレイム

前世を思い出したことで生き方を変えた元伯爵令嬢。
浮気した婚約者から慰謝料をぶんどり、平民として生きるべく旅立つ。

小林明子

パトリシアの前世。
「鉄の主任」とまで呼ばれた仕事のできる事務員。
アラフォーで亡くなる。

Characters

ミシャ
Misha

◆

傭兵ギルドに憧れる少年。
人懐っこく、素直で前向き。

アルト
Alto

◆

ドレイク傭兵ギルド副団長。
金髪碧眼のイケメンだが、
極度の貴族嫌い。

アイリーン・ドナルド
Eileen

◆

ドナルド子爵家令嬢。
クロードと恋仲になり、婚約破棄
を指示した張本人。

クロード・ライグ
Claude

◆

ライグ商会の長男。
アイリーンと恋仲になり、婚約者
のパトリシアを捨てる。

本文イラスト／珠梨やすゆき

◆プロローグ◆

Prologue

「パトリシア。君には悪いと思っている……どうかこの婚約(こんやく)を破棄(はき)させてもらいたい」

パトリシア・セインレイムと彼女の婚約者であるクロード・ライグとの定期的な交流会の場で、クロードはそのように切り出してきた。

テーブルを挟(はさ)んで向かいあって座り、優雅(ゆうが)にお茶を飲みながら他愛(たあい)ない会話を楽しんでいた場が一瞬(いっしゅん)にして凍(こお)り付く。その場で空気のように立っていたメイドや給仕(きゅうじ)達の緊張(きんちょう)がパトリシアにまで伝わってきた。

黙(だま)って紅茶を飲むパトリシアを見て何を思ったのか、クロードは言葉を続けた。

「君との婚約は親同士で決めたことで僕も従うつもりだったけれど、僕は見つけてしまったんだ。本当に愛する人を」

「愛する人……ですか」

「君も知っているだろうけれど……アイリーンなんだ」

「あら。そうですの」

アイリーンはパトリシアと交流があるドナルド子爵(ししゃく)家の令嬢(れいじょう)だった。

伯爵家であるセインレイムよりも領地は小さいが、豊かな資源と資金を有している。領内で織られる絹が上質で、定期的に帝国に献上しているためか金銭的な余裕もあり、爵位こそセインレイム家の方が上だが、政治的な実力はドナルド子爵家の方が勝るだろう。

パトリシアは静かに溜息を吐いた。かつての友がほくそ笑む姿が目に浮かぶ。

パトリシアはソーサーをテーブルに置き、クロードに向き合った。

「このお話、父にはお伝えくださったのかしら」

「いや。まずは君に伝えるべきだと……その……アイリーンが」

「あらあら」

どうやら既に手玉に取られているようだ。

パトリシアは横目でクロードと共に付いてきた従者を見た。普段見慣れない従者はつまり、そういうことだったのか。

(わたくしが恥をかく姿を確認しに来たのね……)

底意地の悪さに定評のあるアイリーン。実のところ、評判の悪さはパトリシアも負けていないのだけれども。まあそれは置いておいて。

婚約破棄されるパトリシアが恥をかく場面を報告するために訪れたらしい従者に対し、パトリシアは優雅に微笑んでみせた。すると従者の男性は驚いたように姿勢を正す。

パトリシアにしてみれば、この先の話を余すところなく伝えて欲しいため、従者の存在はむしろ有り難いのだ。

申し訳なさそうに顔を俯かせたクロードに対し、パトリシアは聖母の如く優しい微笑みを浮かべた。

「クロード様。顔を上げてくださいまし。今のお話、しかとパトリシアは理解致しましたわ」

「パトリシア……！　本当に……？」

パトリシアに近づく勢いでテーブルに身を乗り出すクロードに対し、パトリシアは天使のように優しく微笑んだ。

クロードはパトリシアの笑みを見て心底ほっとした。婚約破棄を申し出たことで、彼女が激昂すると思っていたからだ。

「そうか。分かってくれたんだね……！　ありがとう……」

「ええ、ええ。クロード様。仰りたいことは分かります。婚約破棄をなさりたいということも重々承知致しました……ですが」

パトリシアはひと呼吸置くと、はっきりと告げた。

「婚約破棄に関する手続きはもう、お済みですか？」

「……え？」

広大なコーネリウス大陸を治めるユーグ帝国の下、大陸に住む者は帝国の法に則って生活をしている。

帝国の法則は社会生活の細部に至るまで定められており、専門分野ごとに細分化した法規が国文書に認められている。

勿論、婚約及び婚約破棄に関しても。

「婚約誓約書には、一方的に婚約を破棄した場合には金銭賠償を行う旨の記述がありますことはご存じでしょう？」

「そ、それは……まあ……」

「また、不当に婚約を破棄された場合について、帝国憲法には破棄した相手側に対して損害賠償を請求出来るともありますが、その金額については明記されておりません。そしてそれは、婚約誓約書にも」

「そうだけど。どうしたんだい、パトリシア」

淡々と並べ立てるように語るパトリシアの姿がクロードの知る彼女とは別人すぎて、思わずクロードは口を挟んだが、彼女の睨みによって口を即座に閉ざした。

「それでは、こちらの資料をご覧ください」

パチンと軽く手を叩けば、二人の執事が入室してきた。手に持った書類をクロードとパトリシアに渡すとすぐに部屋を出て行った。

また、執事とは別に身なりが整った男性が入室し、端に置かれた机に着いた。何の説明もなく入室した男性が机いっぱいに書類を取り出し、寡黙なまま書類に何かを書き記している。

クロードは混乱した状態の中、受け取った資料に目を通し、そして固まった。

背後から覗いたアイリーンの息が掛かった従者もまた表情が凍っている。

「こ、この金額はいったい……」

ブルブルと震える手が止まらないクロードにパトリシアは微笑んだ。

「慰謝料ですわ」

「大金すぎる！　あまりにも現実的じゃない！」

「そんなことはございません。資料の続きを読んでくださいます？」

パトリシアは心外とばかりに資料の下部分を指したので、クロードは従うように続きを読んだ。読んで、更に震えが強まった。

「婚約破棄に伴い、わたくし側が負うであろう精神的苦痛、社会的地位の瑕疵、それに我がセインレイム家の後継者白紙化に対する一族への賠償額、後はそう……今まで貴方との交流に掛けてきた交際費と、婚約手続きに伴う諸経費も全て加えました。特に金額が大きく見えてしまうのは、婚約に関わる宣誓を宮廷教会で実施したからですね。そちらの費用が大部分を占めていますわ。過去の記録なので不明部分も多いのですが……そこは見逃しましょう。そちらに書かれた数値には全て理由が記載されておりますので、金額的には妥当であると法務官からも承認の判を頂いておりますわ。ほら、一番下に署名捺印がございますでしょう？」

「そ、そんな……いつの間に、こんなものを用意したんだ……？」

「愚問です。クロード様が浮気をなさっていることなんて周知の事実ではありませんか。いつ婚約破棄されても問題がないように準備するのが当然ではございません？」

誕生日にエスコートをしない婚約者。

誰かに用意させたのであろう、パトリシアの趣味と一致しないようなプレゼント。

周囲の友人からも嘲笑されていた。愚かだったパトリシアも、流石に気付かなかったわけではない。

しかし、何も出来ずに悔しい思いをしていた。

自分の力では何も出来ないと諦め、パトリシアに一切関心を向けてくれない父と母を陰から見ることしか出来なかった、幼い少女だったパトリシア。

けれど、今は違う。

「このようなことは、父や母と話さずに決められることではない！　今すぐ父達に連絡を」

「あら。そんな必要はございません。婚約を決めたのは未成年である十歳の頃でしたけれど、今のわたくし達は成人しております。全てのことについて決定出来る立場ですから。それにクロード様はつい先日、商会の引継ぎを行われたのでしょう？　もう立派な社会人ですわ」

絶句する婚約者に対し、「何よりも」とパトリシアは続ける。

「貴方がしでかした不始末を、貴方自身が拭わないで一体誰が拭うというのですか」

たとえ裏では企みがあったとはいえ、策に堕ちたのはクロード自身。甘い誘惑に負け、婚約を破棄したいと明言したのは彼自身なのだから。

「…………パトリシア……」

「愛しいクロード様。どうかこちらの書面に署名をお願い出来ますか？　今、この場で署名をして頂けるのであれば、賠償金額を多少はおまけして差し上げますわ」

ニッコリと、パトリシアは書類を持って婚約者に迫った。

もはや逃げ場は無いのだと、獣を窮地に立たせる狩人の如く。

今のパトリシアにはその迫力があった。

もし以前のパトリシアであれば、婚約破棄の話題が出ただけでガチャンと音を立て、カップに入った熱い紅茶を膝に零していたことだろう。

クロードが震える手で書類を受け取ったことを確認するとパトリシアは着席し、テーブルに置かれた紅茶を口に含む。優雅にソーサーを持ちながら音を立てないようカップを口に当ててさえいる。

銀色の長い髪を三つ編みに結い左肩側から垂らす若き女性。彼女を幼い頃から知る者は違和感を抱くだろう。何故なら以前のパトリシアはもっと派手な恰好を好む少女だった。だが今のパトリシアの服装は極めて大人しく、悪い言い方をしてしまえばだいぶ歳を取った婦人のような恰好であり、先日十六歳の誕生日を迎えたばかりの少女にしては質素であった。その様相が、更に彼女を大人に見せる。

商会を継ぎ、一人前の自覚を見せつけていたクロードがまるで太刀打ちできない強かな女性として、パトリシアは映っていたのだった。

「どう、なさいますか？」

柔らかな声色で決断を問われれば、それはさながら死刑宣告のようで。

「………分かった」

喉元を押し潰したような声で、クロードはそう答えるのがせいぜいだった。

「それでは、こちらの書類を急ぎ裁判所に出してきてください」

「かしこまりました」

クロードが出て行った部屋の隅で婚約破棄に関する裁判書類を作成させていた男に依頼

をすると、男は深く頭を下げて部屋を出ていった。彼の鞄には先ほどまで部屋で話をしていたクロードの署名がされた書類がある。この書類を裁判所に提出させれば、クロードの親族にもパトリシアの家族にも邪魔されることなくスムーズに婚約破棄と共に賠償金を受け取ることが出来るだろう。

「思ったより呆気なかったわね……」

　暗くなった景色を窓辺から覗きながら、パトリシアは一息吐いた。手元に残した書類の控えを眺めながら、次はどう動くべきか考える。

　パトリシアとしては、もっとクロードが反論してくると思っていたのだが、彼自身パトリシアに負い目があるのか、はたまた賠償金額が払える範囲内であると判断したのか、思ったよりもスムーズに書類に署名をしたのだ。

　改めて婚約破棄が成立したことに、胸の奥で眠っていたパトリシアの恋心がしくしくと泣いていた。幼い頃から約束を交わし合っていた婚約者であるクロードに対し情が無いわけではない。

「仕方ないと分かっているでしょう？　パトリシア。わたくしが動かないと、後々痛い目に遭うのはわたくし自身なのだから」

　窓にコツンと額を当てて、自分に対して声を投げかける。

　もし、クロードの両親とパトリシアの両親が話を進めていれば、今提示した賠償金額は請求出来ないだろうし、パトリシアの両親は娘の次の婚約者を探し始めるだろう。金で娘を売るように、高額を請求出来る相手なら誰でも良いと。

一度婚約が破棄された令嬢は、たとえ己に非が無くとも名に傷がつく。そんなパトリシアを娶りたいなどという輩に良い相手はいないことは、考えなくても分かること。

だからこそパトリシアは急いで行動に移した。

必要な書類と、必要な知識を集め、必要な手続きを全て先に進めておいて事態が起きることを予想した。

その手順は過去の経験から理解している。

事態の前に予測して行動することを。

明示された法律が全てであることを。

そしてその法律の抜け道を、上手いように運用していく術を。

パトリシア・セインレイム。

十六歳になった年、彼女は前世を思い出していた。

『鉄の主任』と会社で呼ばれていた、かつての自分の生き方を——

◆一章◆ 婚約破棄の手続きはお済みですか？

Chap.01

パトリシアが前世を思い出したのは、彼女の十六歳の誕生日のこと。

きっかけは単純だった。

パトリシアの誕生日に、彼女はセインレイム家の邸内にあった小さな池の傍でガーデンパーティー形式の誕生日会を開こうとしていた。

十六歳と言えば、貴族の一人として認められる年齢となる。

その記念すべき日をパトリシアは盛大に祝って貰えると信じていた。否、信じたかった。

しかし当日。

招待した者から断りの文が来たり急病だという使者が来たりと、招待した人数の半数しか訪れなかった。更に追い打ちをかけたのは、彼女の婚約者であるクロードがエスコートに来なかったことだった。

周囲から陰で笑われ、パトリシアは大いに恥をかいた。

そして沢山届くと思われたプレゼントは想像以上に少なく、そのことは更にパトリシアを怒らせた。

それでも、貴族の一人である自負はあるためその場は多少気まずい空気の中、どうにか誕生日会を終えられた。

招待客を全て帰した後、パトリシアはメイド達に怒りをぶつけた。

「どうしてわたくしの誕生日なのに贈り物が少ないの！」

「急病って何よ！　皆仮病に決まっているじゃない！」

「クロード様はどうして来てくださらないの！　あれほどお願いしていたのに……どうして……！」

パトリシアとて分かっていた。貴族の位もない商人の家に嫁がなくてはならないほど、セインレイム家が困窮していることを。

セインレイム家が別の貴族に圧され、失墜しそうであるという雰囲気を。

パトリシアを甘やかしていた父も最近は苛立ちパトリシアにあたることがあった。

でも、それでも誕生日ぐらいは自分のために祝いたかった。十六歳はユーグ帝国の法律上、成人年齢でもあるのだ。

誕生日を迎え成人してしまう前に願った、幼くも我が儘な思いは砕け散ったのである。

「どうして……！　もう嫌！」

落ち着いてくださいと彼女を止めようとする使用人の腕を振り払った瞬間、身体のバランスを崩し……

「あっ」

バシャンと、パトリシアは庭園にあった池の中に落ちた。

必死で救いの手を掴もうともがくも、溺れ沈んでいく。

そして意識を失う寸前、前世の記憶が溢れかえるのを感じ取ったのだった。


『小林先輩～！　パソコンがフリーズしちゃいました！　もう資料作れません！』

『……斉藤さん。サーバーからデータを上書きしちゃうとサーバーに負荷が掛かるから、デスクトップで作業してって前にも言ったわよね……バックアップはこの資料の通りにやってくれれば出来るから』

『す、す、すみません～！』

『小林主任！　相手先への請求額をこんなに膨らませちゃっていいんですか？』

『当然でしょう？　こちらは技術者派遣料として一時間あたりのサービス料をこの金額で明示しているのに、担当が相手の圧力のせいで言えないでいることを利用してしょっちゅう呼び出していたんだから。こちらで報告書に記載して向こうに判を押させたし。あと、先方の部長にはもう報告済み。大丈夫』

『了解しました。って小林主任……パソコンから手離さないで話をしてたんスね……』

『ごめん。至急の対応をしていて手が離せなくって』

『いえ、こちらも確認せずに相談しちゃってすみません』

申し訳なさそうにする部下の声を聞き、主任と呼ばれた女性はキーボードを叩き終えると部下を見た。

『大丈夫。確認してくれてありがとうね』

デスクから見上げる形で礼を言われた部下は、嬉しそうに返事をした。

パトリシアの前世は小林明子という名を持つアラフォーの女性で、とにかく遣り手だった。

厳しく、相手の隙を突くように仕事を進め、業務の効率と売り上げの向上を求めた事務員だった。それでいて同僚からの信頼も厚く、厳しそうに見えたかもしれないが、その言葉が誰よりも同僚を思って伝えていることを皆が理解していた。

出世欲は無かったものの、気付けばその気迫からか主任に昇進していたけれど、明子は何一つ変わらずに目の前にある業務に対し熱心に励んでいた。

頼りにならない上司や部下を叱咤し、範疇を超えるような業務も行い、取引先にも躊躇なく口答えをする姿勢から何故か『鉄の主任』と呼ばれていた。

常に人や仕事の状況を把握して進めていた彼女が、自分のことには無頓着だったためか。健康診断をすっぽかした代償に、彼女の身に潜む病に気付くことが出来ず……結果、四

十を手前にして永眠した。

その明子の人生をパトリシアは思い出したのだ。

池に落下した誕生日会の翌日、目を覚ましたパトリシアはまるで世界が変わったような感覚を覚えていた。

前世を全て思い出した上で、今の自分を振り返る。

鏡に映る人形のような容姿やドレスを着た自身の姿を眺めながら、前世での自分の性格を思い出し。

「…………ないわ…………」

恥じた。とにかく、パトリシア自身を恥じた。

我が儘放題、考え無し。周囲に配慮しないで癇癪を起こしっぱなし。

「今のわたくし、新人の斉藤さんやパートの田中さんより始末に負えないわ……信じられない……使えない……！」

前世を思い出していなかった頃のパトリシアは、幼女のような我が儘な子どもだった。

けれど前世を思い出した今、パトリシアの中には前世で培ってきた経験と記憶があった。

その結果、パトリシアは今までの自分を恥じたのだ。

そして、これからは己に恥じない生き方をしようと心に決めた。

派手なドレスもやめたし、時間だけがかかる髪型もやめて三つ編みにした。

精神年齢が上がってしまったためか、若々しい装飾品にも興味が失せた。ただ、前世を思い出す前から好きだったぬいぐるみ集めや嗜好品などは前世を思い出しても変わらなかったので、人格が全て前世に引っ張られているわけではないようだった。

過去の恥を捨てて、パトリシアを嫌っていたメイドにも優しく接した。

そうする内に何人かとは打ち解けていった。

以前から決められていた婚約者のクロードとも数回会う機会があった。クロードは、時々パトリシアを不思議そうに見ていたものの、変化に気付かない様子だったのでパトリシアは安堵していた。

ただ、この時点で周囲の情報を収集していたパトリシアは、このままいけばクロードが婚約を破棄するだろうことが予想出来ていた。

そして前世を思い出したパトリシアの人生設計上、クロードには自ら婚約破棄を宣言してもらわなければならなかった。

(想定内の行動をして頂いて感謝しますわ。クロード様)

パトリシアは優雅に微笑んで、もう一度元婚約者へと想いを馳せた。

ライグ商会の長男、クロードがセインレイム伯爵家の令嬢との婚約を破棄したことが広まったのは、サロンでも社交の場でもなく裁判所からだった。

その場に傍聴人はおらず、当事者であるクロードとパトリシア、それから事務官だけであった。

元々スキャンダルという意味で注目の的であった二人が並んで裁判所にいる姿は瞬く間に噂となり、彼らの婚約破棄は一瞬にして話題となった。

パトリシアの両親は勝手に婚約破棄を決められたことに対して怒ったが、賠償金額を見せたら怒りを鎮めた。

「よくやったぞ、パトリシア！　予想以上の賠償額じゃないか！　素晴らしい！」

「ええ、ええ。よくやったわね。それに貴女ならすぐ新しい相手が見つかるわ。素敵な相手を見つけてあげるから母に任せなさい」

我が子を金銭的価値でしか見ていない両親のことを信じていたパトリシアは既におらず、元『鉄の主任』である彼女は盛り上がる両親の声が治まるのを待った。

セインレイム家は辺境の地区とはいえ領地を任される伯爵であった。先祖はかつて国の将軍として名を馳せた一族だと言われているが、剣技で功を成したためか領地経営には疎く、代替わりするたびに綻びが見え始めていた。それでいて気位だけは代ごとに増幅していき、結果困窮の末路となったのだ。

ライグ商会長となったばかりのクロードと伯爵令嬢パトリシアとの結婚が果たされれば、

晴れてライグ商会は貴族の仲間入りをし、困窮していたセインレイム伯爵家の財源も安泰(あんたい)となるだろうと考えられていた。

結果として婚約は破棄されたものの、婚約破棄によって得られた賠償金に両親は大変機嫌(きげん)が良かった。そしてパトリシアの想像通り、次の婚約相手の話題を出すあたり分かりやすいと思う反面、両親の愛情を求めていたパトリシアの心は悲しみに揺(ゆ)れた。

だが、気持ちを振(ふ)り切りパトリシアは顔を上げる。

「そのことですが」

ディナールームで出されたムニエルを丁寧(ていねい)にナイフで切り分けながら食べていたパトリシアは、フォークを置いてから両親を見た。

「わたくし修道院に入ろうと思いますの。今回のように婚約破棄をされますと中々お相手を見つけることも大変でしょうから」

「何を言う。そんなことはないぞ?」

「そうよ。母がこれから社交の場に出向いてよいお相手をいくらでも探して来ますよ?」

娘(むすめ)の婚約相手探しを理由に社交界を出歩きたいらしい母の言い分。釣(つ)り餌(え)に引っ掛かったとばかりにパトリシアは手をパチンと叩く。

すると使用人がパトリシアの傍(そば)に寄ってきたため、パトリシアは彼に「五番目の資料を持ってきて頂戴(ちょうだい)」と告げた。

使用人がすぐさま部屋を出て行く姿を、テーブルに向かった両親はぼんやりと眺めていた。

「とても有り難いお話ですが。お父様、お母様。わたくしの婚約相手探しに時間を費やすことは難しいのです」

「どういうこと?」

先ほど指示した使用人が資料を持って戻ってきた。

クロードのときと同じように二人に書類を渡すと、パトリシアは淡々とプレゼンテーションを始める。

「婚約者選びのために使われる交際費の月平均予想額と、実際に婚約が成立した場合に掛かる婚約手続きの費用、それと結婚式に掛かる費用を算出しました。それから、予想される婚約相手の候補者を何人か調べましたけれど、クロード様のように結婚資金を全額負担してくださるような家は見当たりませんでした」

つらつらと説明するパトリシアの声を、両親は不思議と真面目に聞いていた。

「クロード様から頂いた賠償金を使用した上で新たな婚約者選びの支出を考えますと、年月が経つたびに右下がりなのは明らかですが。もう一枚の資料をご覧頂けます?」

素直に両親が資料を捲る。

「もしわたくしが修道院に入った場合に残る賠償金額と屋敷の運用費。わたくしという者がいないことにより浮く金額を計算いたしますと、お二人が老後も恙無く暮らしていくには、こちらの案がよろしいかと」

「我々に隠居せよと言うのか……？」

怒気を孕んだ目で父がパトリシアを睨むが、その額には汗が滲んでいた。

彼自身が最も現状を把握しているため、パトリシアの提案が現実的であることを重々理解しているのだ。しかし婚約が決定するにせよ、婚約破棄による賠償金が得られるにせよ、金銭にいずれ苦労するという事実を彼のプライドが認めたくないと訴えるのだ。

隠居とはつまり社交界からの引退であり、貴族の笑い者になることが分かっているからだ。

「隠居ではございません。療養ですわ。『婚約破棄により心を痛めた令嬢のために、セインレイム家は家族で静養出来る場所へ行った』と、伝えればよろしいのです」

婚約破棄をしたばかりの今、その話が伝われば世間はセインレイム家に同情するだろう。

そして、両親は娘想いの心優しい両親として喧伝される。

プライドだけが高い彼等にとっては悪い話ではない。しかも、周囲の同情をセインレイム家に向けさせることにより、婚約破棄をした側であるクロードの家に非難の目も向けられる。

「婚約破棄早々に娘の婚約者探しをする親と、婚約破棄で傷ついた娘を慰める親……周囲が向ける視線がどちらに優しいかは、お父様ならお分かりになりますでしょう？」

「う……む……」

もう一息。パトリシアは更に捲し立てた。

「お二人が住みやすい別荘地の候補は既に選んであります。郊外ではありますが過ごしやすく、シーズンオフには貴族が集まりやすい場所ですわ。少しばかり値が張りますので、そこはお二人に頑張って頂くことになりますが……そしてわたくしにつきましてはメルヴェ地方にございます修道院に行こうと思っております。メルヴェ地方であれば北の山脈に囲まれておりますので人に見られる機会もございません。恙無く事が進めばわたくしの修道院行きも露見しないことをお約束致しましょう」

「メルヴェ地方の修道院？　そんなところあったか？」

「はい。ドリュー山脈を越えた先に小さい修道院がございます。あまり貴族が訪れる場所でもございませんし、厳粛な修道院として知られております。そちらであれば顔見知りに見られることもないでしょう」

予め用意しておいた修道院の資料を渡す。

「…………」

両親が黙った。

パトリシアはこの瞬間、勝利を確信した。

それは前世でプレゼンテーションがうまくいった時の高揚感に似たものがあった。

パトリシアは優雅に微笑んだ。

「さあ。お父様、お母様。いかがでしょう？」


数日後。

パトリシアは荷物をまとめ、長く暮らしていたセインレイム家の正門に立っていた。

長い旅になるだろうことから、ワンピースに厚手のコートを着ている。靴も長時間履いていても足を痛めない慣れたブーツ。帽子だけは令嬢らしく、可愛らしいデザインのものにした。

髪は編み込みで一つに束ねている。

「もう出発出来ますか？　パトリシアお嬢様」

「ええ。ありがとう、カイル」

旅の馬車を手配してくれたカイルが御者と共にパトリシアの前に来た。パトリシアが持っていた大きな鞄を手際良く取ると馬車の中に積み込む。

カイルは長くパトリシアに仕える従者の一人だった。

彼は元々ライグ商会に仕えていた少年で、ライグ家とセインレイム家の婚約と共に両家の繋がりとして遣わされた。

幼い頃からの付き合いのためか、お嬢様と呼ぶ割に時々タメ口を利くぐらいには親しい関係でもあった。時々パトリシアの我が儘に付き合わされてうんざりすることもあっただろうが、それでも付き合い良くパトリシアに仕えてくれた。

彼こそパトリシアにとって唯一の友人であり、唯一の切り札でもあった。

「長い間お世話になりました。いや、まさか本当に実行に移すと思わなかったけど……」

「今まで世話になったわね。資料作りは貴方がいなくては出来なかったから、本当に感謝しているの」

婚約破棄に関する資料や両親へのプレゼン資料の情報は全てカイルから仕入れたものだった。

前世を思い出したからといってパトリシア自身には情報を手に入れる力は無かったため、周囲の力を借りた。それがカイルだった。

カイルは頭の回転が速く、初めこそ我が儘な令嬢が何を言い出すのかと警戒していたが、集めた情報をまとめるパトリシアの姿を見て気持ちを入れ替えた。

その気持ちの切り替えの早さこそ、カイルが商人として優れている証明でもあった。

「必要があればいつでも呼んでください。今のお嬢様のところになら喜んで行きますよ」

「ふふ。その頃の貴方はもしかしたらクロード様より大物になっているかもしれないわね」

「それは最高だな」

カイルが笑う。

パトリシアはカイルへの最後の報酬が入った袋を手渡した。前々から貯めていたパトリシアのお金はほとんど情報のために彼に渡しているが、それでもクロードから受け取った賠償金により倍になって戻ってきた。今渡したものが、最後の報酬だ。

「今のお嬢様は別人みたいですね。あの頃のお嬢様も嫌いじゃなかったですけど。やっぱ女ってのは失恋で変わっちまうんでしょうかね」

カイルはパトリシアが以前と大きく変わったのは、クロードに振られたからだろうと考えていた。

「あら、カイル。それは違うわ」

パトリシアは人差し指を口元に当てて、内緒話のようにカイルに囁いた。

「女は初めから殿方の前では別人のように振る舞うものなのよ」

「………お嬢様。あんた本当に十六歳です？」

まるで男を手練手管で操っている女性のような発言に、カイルは引きながら聞いてしまった。

「十六歳なのだけれど、精神年齢だけが上がっちゃったみたい」

「なんですかそりゃ」

本当のことなのだが。

パトリシアは笑った。

その笑顔は何一つ変わっていないなと、長年傍らでパトリシアを見守ってきたカイルは目を細めながら思った。

「……本当に修道院には行かないんですか？」

「ええ。行かないわ」

荷物を確認しながらパトリシアは答える。

そう。彼女は両親に説明した修道院に行くつもりは全くなかった。賠償で得た資金を元に家を出て自立するつもりでいたのだ。

「目的地はネピアのままですか？」

「そうよ。湖水地方のネピア」

パトリシアが告げる湖水地方ネピアは修道院とは真逆の南西にある田舎町だ。帝都から幾らか離れており、余所者が立ち入ることも少ない小さな町。広大なネピア湖の周辺に数百人程度の町人が暮らしている。

「そういや何でネピアなんですか？　俺が勧めた他の場所も悪くなかったと思うんだけどなぁ」

　パトリシアが修道院に行かず独り立ちする計画は最初から決まっていたことだったため、新しい居住先の候補地をカイルに相談していたのだ。女性が一人で移住することで偏見や村八分のような目に遭いたくなかったためだ。カイルが紹介してくれた場所はネピア以外にもいくつかあった。だが、パトリシアはとある情報を得た上で目的地をネピアと決めていたのだ。

「源泉があるからよ」

「源泉？」

「そう。源泉があるってことは……温泉があるかもしれないでしょう？」

　頬を僅かに染め、嬉しそうに告げるパトリシアにカイルは絶句した。見違えるほどしっかりしたパトリシアから出てきた言葉が、温泉。

「なんか……お嬢様、やっぱり雰囲気が変わりましたねえ」

　カイルの何気ない一言にパトリシアの表情は僅かに強張ったものの、すぐさま平静な表情を取り戻し穏やかに微笑んだ。

　源泉という単語に惹かれたのは、明子の記憶が原因だった。

　仕事一筋で生き、『鉄の主任』というあだ名が定着するような女性だったが、それでも人並みに疲れもする。そんな彼女の生き甲斐が温泉旅行だったのだ。

　溜まりに溜まった有休をどう使うかといえば、閑散期のタイミングに一人で海や湖沿いにある景色の良い温泉街に泊まりに行くことだったのだ。

何も考えずぼんやりと旅館で過ごし、熱いぐらいの温泉にゆっくりと浸かる。そうして心も身体も癒されることが生き甲斐だった。

明子は仕事こそ優秀だったけれど、残念ながら恋愛は今と同じで縁がなかった。

人並みに恋愛はしてきた。新入社員として入った会社では、同期で入社した同僚に恋をしたこともあった。しかし相手から「お前って面白くないよな」と一蹴され、あえなく失恋。

（あの時は確か湯布院温泉郷まで一人慰安旅行をしていたかしら……）

次に好きになった人は仕事が出来る明子に対して甘い顔をするだけして利用し、最後は「勘違いした方が悪いだろう」と一方的に非難されて恋が終わったのだ。

その時は好きだった男の代わりに引き受けていた仕事を全てお戻しした上で消化していなかった代休と有休をふんだんに使い十和田湖畔の温泉街に行って癒されたことを思い出す。

ちなみにその後、明子を利用するだけ利用した男の横領や職務怠慢の証拠を揃えて告発し退職して頂いたこともついでに思い出した。

それ以来、恋を諦めた明子はワンルームマンションを買い、ついでに愛犬を迎え入れていたのだが。

　自身の余命を知った後、愛犬を知人に託したことを思い出す。可愛かった愛犬との思い出は、実はそこまで多くない。元々仕事が忙しすぎて知人に散歩や世話をお願いしていた。恐らく明子よりも懐いていた知人と家族になったのだから、きっと大丈夫だろう。ほんの少し寂しい気持ちにはなるが。

　亡くなったことに対しては何一つ後悔が無かったパトリシアだが、愛犬のことを思い出したらほんの少し悲しくなった。

「まあ、ネピアなら移民に対しても寛容で穏やかな町だからいいんですけど。にしても、仕事はどうするんです？　当たり前ですけれど、手持ちの金で一生を暮らすには限界がありますからね」

　カイルの声にふと我に返る。そうだ、今はパトリシアとして新しい生き方を考えなければ。

「ええ……わたくしに何が出来るかを考えないとね」

　仕事。今までのパトリシアでは考えられなかったこと。カイルは心配そうにパトリシアを見ているが、当のパトリシアは期待に胸を膨らませていた。労働をすることは勿論生半可な覚悟で出来ることではない。何処からかやってきた身寄りのない成人女性を、しかも元貴族ともいえる身分の者を受け入れてくれる場所を探すのもひと苦労かもしれない。けれどパトリシアは悲観などしていなかった。これからの新しい生き方に、労働をして対価を得る喜びに期待を膨らませていた。

(ふふ……まるで新入社員のような気持ち。その前に就職活動だけれども)

「そうだ。渡すのを忘れてた」

カイルが慌てて手に持っていた小さな荷物を手渡してきた。

「あら、なあに？　これは」

「一般の民が着る服ですよ。絶対役に立つから持っていってください」

改めて受け取った荷物の中を確認してみれば、質素なデザインのワンピース等、衣類が入っていた。

「わざわざ用意してくれたの？」

「そうですよ。この先絶対必要になりますから」

「……そうなのね」

パトリシアの反応にカイルが深々と溜息を吐く。

「お嬢様はしっかりしてきたようで、やっぱりまだ抜けてますね。まあ、きっとこれから嫌というほど理解するでしょう。まずは黙って受け取っておいてください」

「……貴方が言うのならきっとそうなのでしょうね。ありがとう」

受け取った荷物を抱き締め、パトリシアは心から感動した。

前世の記憶を思い出すまでのパトリシアは、自分で言うのも何だが良い娘では無かった。

恥ずかしい行いは数知れず。けれども、悪い人間では無かった。

味方も少なく、自身の感情のやり場も分からない少女だったパトリシアにも、こうして心配してくれる友人がいたことに。本当に、心から喜んだ。

「ネピアに着いたら手紙を書くわ。貴方にとって益になりそうなことがあったら第一に連絡するから」

「ははっ……！　困ったことがあったら手紙を寄越してください。元気かどうかだけでも知らせてくれればいいからさ。益とかどうとかよりも、俺はお嬢様が心配なんでね」

「ええ、勿論……！　ありがとう、カイル……！」

馬車に乗り、出発する間もずっとカイルに手を振った。

両親すらも見送りにこないパトリシアにとって唯一とも言える友人の姿が見えなくなるまで。

ずっと、ずっと。

揺れる馬車に時々ウトウトとしながらも、目覚めては外の景色を見てどのくらい移動したのか確認をする。その繰り返しを何度行ったか分からないところで、中間地点ともいえる休憩場所に到着した。

た。

「どうもありがとう。明日もお願いね」

御者に今日一日分の賃金と宿泊費用を手渡し、パトリシアもまた宿泊する宿へと向かった。

この小さな町はヴドゥーという、旅人や移動者を客とした宿泊街ともいえる場所だった。

ネピアに一人で向かうことを決めたパトリシアは、カイルと共に移動手段についても話をしていた。その時に勧められたのが、このヴドゥーという町だった。治安も良く宿泊先も多いため、女性一人の旅でも高めの宿を取れば恐らく危険は無いだろうと言われている。

ただ、そもそも女性一人の旅は危険なので勧められないと再三忠告は受けていたが、パトリシアは修道院に行くことになっているため従者を付けることが出来ない。

目当ての宿には予め手紙で泊まりたい旨を伝えているため、パトリシアはその宿まで寄り道をせず直行すれば良い。

女性で一人歩きをするような貴族などいない。比較的地味な恰好にしたとはいえ、今のパトリシアは浮いているのも確かだった。

（色々と覚えることも多そうね……）

少しばかり足を速めながら、パトリシアは宿へ向かう。明るい時間に到着するよう合わせた甲斐もあり、問題無く宿泊場所を発見した。

建物に入り自身の名を名乗ればすぐに亭主が快く迎えてくれた。

家族連れの客が多いらしいこの宿では使用人が常に宿の中にも待機しているため過ごしやすい。貴族が泊まるには質素すぎる作りではあったが、パトリシアとしてはむしろ今の自分に合っていて好感を抱いた。

「センレイム様、御付きの方はご宿泊なさらないのですか？」

パトリシアが一人で泊まることに疑問を抱いたのだろう。確かに、本来であればメイドの一人や二人は付けて訪れると思うはずだ。

「……今日は事情があって一緒ではないの。わたくし一人では駄目かしら」

「滅相もございません！　精一杯おもてなしさせて頂きます」

特に疑われる様子もないままパトリシアは部屋に案内された。

一人で寝泊まりするには十分な広さだった。多少値が張ったが、安全のためでもあるし、広い部屋を見ると気分が良かった。

「何かございましたら、ご用命ください」

「ありがとう」

深々とお辞儀をして退室した亭主の足音が聞こえなくなったところで、パトリシアは鞄から服を取り出した。

これを持って行けと最後の最後に押し付けてきたカイルの贈り物が、役に立つ時が来た。

「彼には分かっていたことなのね……経験の差だわ」

貴族の感覚が根付いているパトリシアは、直に体感しなければ分からなかった貴族と平民の差をここにきて目の当たりにした。

パトリシアにしてみれば、今着ている服も大人しめで平民と同等の服だと思っていた。けれどそれは思い違いだった。あくまでも貴族と比較して大人しいデザインなだけであり、町の人と比較すれば全く違うのだと。

取り出した一枚のワンピースは布の素材からして安っぽく肌に合わない。しかし、これからは常に着ることになるであろう服だ。

「…………大丈夫よ。人というものは、最後には環境に適応していくものなのだから」

どれだけ辛い処遇であろうとも、慣れてしまえば苦にならないことをパトリシアは知っている。

たとえ手肌が美しくあろうとも、両親にさえ金銭の価値でしか存在を認められず、婚約者に見捨てられる苦も相当だと自嘲する。

そうして意を決してパトリシアは自らの服を脱ぎだした。


「おやまあ、別嬪さんだね。旅の途中かい？」

「ええ……そう、なんです。とても良いお店ですね」

　町娘らしいワンピースを身に着け艶のある髪を隠すために布を頭に巻いたパトリシアは早速服を買いに来ていた。

　旅の客が多く訪れる町であるため、パトリシアにこれから必要となりそうな服が多く揃えられていて有り難かった。

　パトリシアはいくつかの服を店主と共に選び鞄に入れてもらった。

「お嬢さん、とってもいい鞄を持っているね。こいつは貴族が使っていてもおかしくないぞ」

「よく分かりましたね。貴族の方のお下がりを手に入れる機会があったの」

「別嬪さんは違うねぇ。ただ、気を付けなよ？　こんなイイ物があったら盗まれやすいから。もし困ったら傭兵ギルドのドレイクを頼るといいよ」

「傭兵ギルドのドレイク？」

　聞き慣れない言葉だった。

「国の衛兵は盗みぐらいじゃ動かないからね。ここらの傭兵ギルドは活動の評判が高いから、金さえしっかり払えば恐らく解決してくれるだろうさ」

「またよろしく」と声を掛けられ店を出たパトリシアは、さっきまで意識していなかった鞄を胸にギュッと抱き締めながら店主との会話を思い出していた。

（傭兵ギルド……）

この大陸にはギルドというものが存在する。

ギルドとは組合という意味であり、職業ごとに大きく分類されており、農業、林業、漁業、製造業、加工業といった業種の団体が職人ギルドと呼ばれている。

商売、金融といった業種の団体が商人ギルドと呼ばれていることはパトリシアも知っていた。

元婚約者であるクロードの家も商人ギルドに加盟している商人の一族だった。

商売をするならば必ず商人ギルドに加盟しなければならない。加盟には多額の組合費を要するため、そう簡単に入れるものではなかった。

（カイルの夢も一人前の商人ギルド組合員になることだったものね）

そして、名前だけ知っていたが詳しく知らなかったものが傭兵ギルド。

傭兵ギルドの扱いは他ギルドと異なり、どちらかといえば地域に密着した組織である。

世が戦乱で満ちると傭兵ギルドの立場は大きく変わる。その地に略奪者が襲ってくれば防衛する側となり、新たな領土を求めて進撃する時には先陣をきって出陣する側にもなる。

貢献度合いが高ければ高いほど報酬は上がり、その地での信頼も厚くなる。

護衛に特化した傭兵ギルドもあれば、人目を避けて暗躍する依頼に特化した傭兵ギルドもあり、形は様々だ。

（わたくしでも知っている傭兵ギルドといえば……エストゥーリ）

帝都とはかなり離れた地に拠点を置く、エストゥーリは大陸中の誰もが知る傭兵ギルドだ。

大陸を統べる帝国とはいえ、海を越えれば別の国が存在する。その内の、何処かしらの兵が船に乗って海岸地方の街を侵略したことがあった。

その時に活躍したのがエストゥーリの団長フューリー・ウィンドウェイだ。

彼の知略により海岸地方の防衛を固め、隙を突いて敵の船を根こそぎ燃やしたという。

武器も食料も失った侵略者は降伏し、侵略してきた国はユーグ帝国へ大きな賠償金を払い解決した事件があったという。

大人から子どもまでエストゥーリは憧れの存在となったのだ。

（まるで絵物語の中にしか存在しないような傭兵ギルドだったけれど……どういった組織なのかしら）

国の兵以上に信頼が厚いということは、それだけ民に親しまれた存在であるということだ。

「ネピアに着いたら、色々なことを調べたいわ」

傭兵ギルドの話も絵物語なんかじゃない。現実なのだと思うと、それだけで胸が弾む思いだった。

その夜、固いベッドで眠りについていたパトリシアは微かな物音に眠りから覚醒した。

急な覚醒に頭がまだ回らずぼうっとする。

それでも何かしら気配を感じて、そっと身を起こした。

そして息が止まった。

パトリシアの視界に、暗闇の中で知らない男が身を潜めながら鞄を漁っている姿が見えたからだ。

一気に心臓が高鳴り、日中に服屋の亭主が言っていた言葉が思い浮かんだ。貴族の物だと見れば分かるような代物を持って出歩いたせいだと、即座に理解した。

ただ幸いなことに、男は一人だった。しかも、目覚めたパトリシアに気付いていない。

息を潜めながら深呼吸をする。パトリシアは意を決し、傍にあったランプを手に取ると、思いきり男の頭目掛けて振り下ろした。

「…………っ！」

緊張で震える手を叱咤し男に命中させてみれば、男はパトリシアを振り返ることもなく、その場にズルリと力なく頽れた。息はしているか……意識がまだあるだろうかと不安になって男の顔を覗いてみれば、男はどうやら気絶しているようだった。男が動かないことを確かめると、パトリシアはようやくホッと安堵の溜息を吐いてから扉を開けた。

「誰か来てください！」

そして、声を張り上げ宿の使用人を呼んだ。


「本当に申し訳ございません…………！」

平謝りする亭主の前で、許すことも責めることもしないパトリシアは、静かにその光景を眺めていた。

パトリシアの攻撃により気を失っていた男は使用人に捕らえられ、意識を取り戻した頃にはお縄についていた。パトリシアの予想通り、彼はパトリシアの鞄を見て金目の物があると判断して宿の客としてこっそり夜中に潜り込んだらしい。

犯行に及んだ男は小柄な男性だった。だからこそパトリシアの攻撃で撃退出来たのだけれども、これが屈強な男性だったらパトリシアの攻撃など無に帰していただろう。

ひたすら謝るしかない亭主に対し、パトリシアは小さな溜息を吐いた。

「ご亭主。こちらにも非があったことは確かです。高価な物を持って外を出歩けば目に付くということに気付かなかった、わたくしの落ち度もあります。ただ、だからと言って安心を買ってこちらの宿に泊まった身としては残念としか言いようがございません」

「はい……仰る通りです！」

「ですので今回の件につきましては、宿泊費を免除して頂ければよろしいかと思いますが、いかがです？」

「そ……それだけで、お許し頂けるのでしょうか……」

そこでようやくパトリシアは納得した。

亭主はずっとパトリシアを貴族として扱っていたため、貴族への不手際に対し大きな罰を受けると考えていたのだろう。

つくづく、貴族という身分階級が面倒だとパトリシアは思ってしまった。これからは、自身が身分階級の下の位置に立つのだから尚更だ。

そんな風にぼんやりと考えていたところで。

「話の途中で失礼致します」

穏やかなテノールの声が響いてきた。

振り返ってみれば、帯剣した体格の良い男性が、笑みを浮かべながらパトリシアと亭主の前に立っていた。

会話を遮るような形で訪れた男性は、美青年とも呼べる顔立ちだとパトリシアは思った。

貴族の中でも見たことがないほど整った顔。それでいて身長も高く目を惹く美しさがあった。

「今回の事件についてヴドゥー領主より依頼を請けている、ドレイク傭兵ギルドの者です。

話を伺ってもよろしいですか？」

「え？」

傭兵ギルド？

実際に確かめてみたいと思っていた傭兵ギルドに、まさかこんなに早く出会えるとは。

まるで鑑賞する絵画から出てきたような青年の恰好は雄々しいとも言える鎧だった。軽装とはいえ甲冑を身に纏った青年は帯剣もしている。帝国の憲兵にしては鎧の装飾も少ないため、そこでようやく彼の言っていた意味を理解した。

「傭兵ギルド、ドレイクの副団長のアルトです。ご主人、話を伺っても？」

パトリシアを一瞥してからアルトという男性は宿の亭主に視線を向けた。

何故だろう。彼がパトリシアを一瞥した時の視線から、何処か敵意を感じた。

「はい。実は……」

亭主はドレイクの名を聞いて安堵した様子を見せてから事の顛末を話し出した。

その間、パトリシアは黙ってその場に立っていた。どうやら泥棒は傭兵ギルドに預けられることになるらしい。

この町に国兵はおらず、憲兵の姿も見当たらなかった。恐らくは傭兵ギルドによって町の安全を守っているのだろう。

「なるほど。こちらのお嬢さんがあの泥棒を退治したと」

ふと、自身のことを話されていたことに気付いてパトリシアはアルトに視線を向けた。

「正当防衛だと思っておりますわ」

「でしょうね。女性の、しかもこのように身分が高い方が退治されたとは驚きました」

パトリシアはまだ名乗っていない。にも拘わらず、アルトは見た目だけでパトリシアの身分に気付いた。

「運が良かっただけです」

「そうですね。運が悪ければ今頃人質にされているか……殺されていてもおかしくはないです。本当、運が味方したようで良かった」

「……………」

パトリシアはチクチクと刺してくる棘を心の中で振り払っていた。

確かに、パトリシアは無鉄砲ではあったかもしれない。大人しく眠ったふりをしようかとも考えた。

けれど、それは出来なかった。

何故なら男が盗もうとしていた鞄には、パトリシアの全てが入っている。お金も、服も、何もかも。

これらを失ってしまえば、パトリシアは生きていく道が無かったのだ。

だからこそ、勇気を出して男に攻撃をした。自身の生活を守るためにも。

「さて、ご主人。捕まった奴は町役所に突き出して罪状を明らかにした上で、処罰が決定すると思います。おたくの宿が被った損害に対して金銭を支払う責任も出てきますけど、相手は文無しの男なので更生するまでは厳しいと思います」

「まあ、そうでしょうねぇ」

「あと、宿の警備環境の見直しは必要ですよ。夜間の警備が緩いようだし、使用人が見回りしているだけじゃ、今回みたいなケースはまた発生するかもしれない。その辺りは良ければアドバイスします」

「それは助かる！　ぜひともお願いしたい！」

つらつらと話を進めるアルトの姿に、パトリシアは大変好感が持てた。

仕事に対して責任感が強いという印象を受けたからだ。

(少なくとも真面目に仕事をする人に悪い人はいない……前世の考えだけれど)

なんだけど。何故、こちらに棘がふり掛かってくるのだろうか。

「さて。次にお嬢さん。先ほどこちらのご主人に話していたことなんですけどね、ちょっと厚かましくありませんか？」

パトリシアのこめかみが僅かに動いた。

「……どういうことでしょう？」

「盗み聞きしたようで悪いけれど、そちらの条件に関しても口出しをさせて貰いたいんですよ」

「アルトさん、私は別に……」

亭主が慌てた様子で止めようとしたが、アルトによる無言の圧力で口を閉ざした。

「確かに宿で起きた窃盗だから宿にも責任はあるが、そもそもは高い身分のお嬢さんがそんな鞄を持っていたにも拘わらず、貴族向けじゃない宿に泊まったことにも責任があるのでは？」

「……盗みに入られたのはわたくしにも責任があると、そう仰りたいのですね？」

「その通りです」

美しい顔立ちの男は憎らしいほど朗らかに微笑んだ。

「貴族の方には貴族の方に相応しい宿もありますよ？」

「…………」

パトリシアが感じていた棘について確信を得た。

アルトという青年は、パトリシアが高い身分だと思っている。そして、だからこそ非難しているのだ。

身分が高い者は相応の場所に泊まれ、と。不相応な宿に泊まるお前が悪いと。

「…………そうですわね。確かに、こちらが高額な鞄を持って出歩いたことで招いたことかもしれません。それについてはお詫びしたいと思います」

「では……」

「ですが」

アルトの言葉を強めに遮り、パトリシアはアルトと同様に朗らかに微笑んでみせた。笑顔の圧力である。

「以前より、こちらの宿にはわたくしが宿泊する旨を手紙で伝えておりました。その際にこちらの事情につきましてもある程度お伝えはしていたつもりです」

優しく歩み寄るパトリシアの穏やかな微笑みを、宿の亭主が不安そうに見つめ、アルトは驚いた様子を見せている。

「こちらの宿に宿泊する条件に『貴族、又は高額な品物を持参する者はお断り』と明記していらっしゃいましたでしょうか。もし書かれていなかったとしても、事前に手紙でやりとりしていたのですから、こちらの宿でも相応の宿泊客が来ることは認識していらしたでしょう？　分かった時点で、貴族に立ち入られたくないのであればお断りなさるのが筋というものではないでしょうか」

高い宿泊費を払い、広い部屋に案内されている。それは、安全を確保するためだったはずだ。

確かに貴族専用と定めた宿もある。だが、これから平民として暮らしていくパトリシアは少しでも節約をする必要があった。贅沢などして路頭に迷うのは間違いなくパトリシア自身なのだから。

パトリシアはヴドゥーでの宿泊についてもカイルと共に事前に調査はしていた。貴族向けの宿泊施設では宿泊費が跳ね上がるし、何よりパトリシアが宿泊していることを知られてはならない。金持ちの商人らが泊まるような宿でそれなりの金額を渡せば安全に寝泊まり出来るし、他の貴族に露見しないことまで考えて決めていたのだ。

「貴方が仰ることも分かります。ですが、罪を犯されるのもわたくしに非があるのだから泣き寝入りしろと言うのかしら？　被害に遭った者が我慢をすれば良いというのは、ドレイク傭兵ギルドの方針なのでしょうか」

「…………………」

アルトの表情が強張った様子を見て、パトリシアの怒りも少し鎮まった。

「……けれど貴方の言い分もごもっともです。ご主人、宿泊費の免除は言い過ぎましたわ。ごめんなさい」

「お客様……」

「だからそうね……半額でいかがかしら？」

可愛らしい若い女性のニッコリとした微笑みが、ベテランの商人に見えたと。

後に宿の亭主は語った。

『ねえ。お父様とお母様、今日は何処にいるの？』

『本日の旦那様と奥様は、ご友人とのお食事会にいらっしゃいました。それよりパトリシア様。言葉遣いがなっておりませんよ。教師たる私に対しては丁寧な言葉遣いでと教えましたよね？』

『………はい』

幼き日のパトリシアは家庭教師のミリア先生が嫌いだった。

いつも突き放すような視線を向けながら勉強を教える先生が苦手だった。

ああ、今日もつまらない一日が始まる。

そんな気持ちを抱きながら椅子に座り………

「………夢」
パトリシアはぼんやりとした目で天井を見上げていた。
泥棒騒ぎにより起こされ、騒動が落ち着いてから床についたものの、興奮のためか中々寝付けなかった。

ようやく眠れたと思ったら、過去の夢。

（夢見としては最悪ね）

起き上がり、ベッドの上でふうと溜息を吐いた。

幼少の頃、教師から勉強を教わっていたパトリシアは両親と共に過ごす時間が滅多になく、甘えたいと思う時に誰も傍に人がいなかった。

使用人達は、人使いが荒いくせに安い給金しか寄越さないセインレイム伯爵に反感を抱いていた。そのため、セインレイム家の一人娘であるパトリシアを可愛がる使用人は何処にもいなかった。

本来なら成長するまで傍に置くべきである乳母も金の無駄だと雇わず、パトリシアには無愛想で冷たい家庭教師しかいなかった。

唯一家族と共に出かける機会があるとすれば、娘を同伴させる茶会やパーティーが開かれる時だけだった。

けれど行ったところでパトリシアを無視して大人達との会話を楽しむ両親。彼らに諦めがついたのはいつの頃か……

（あの頃は気分転換に散財したり注目を浴びたくて散財したり周囲にあたったり……最悪ね）

思い出す自身の行動に吐く溜息も重い。

その後、婚約の話が出てからは定期的に婚約者と会う時間が設けられた。

パトリシアは将来夫となるクロードだけが自分を見てくれる存在なのだと喜び甘えた。親から与えられるべき愛情を知らなかったパトリシアは愛情に飢えていたからだ。

けれどそれは、クロードにとっては迷惑であったのかもしれない。彼が求めていたものは自身を支えてくれる妻であったのだから。

そうしている間にクロードは別の女性、アイリーンと親しい間柄になりパトリシアの下を訪れる機会も減っていった。

両親も婚約者でさえもパトリシアに関心が無いことにやり場のない怒りが爆発し、十六歳の誕生日会の日に勢い余った結果、池に落ちるという醜態を晒した。

愛情に飢えていた心は前世の記憶を取り戻したことにより落ち着いた。

求め続けてきた愛情は、決して家族や婚約者からしか得られないものではない。愛情以外にも、己を満たすための術はある。自ら築き上げることも出来るのだ、と。

前世で得た感動を思い出したパトリシアは、家族や婚約者からの愛情ばかり求めていた自身がちっぽけな存在なのだと分かった。

十六歳という大人の仲間となった時に思い出したのも、何か運命だったのかもしれないと思ったパトリシアは、それからの生き方を全て変えていくことにした。

親の庇護下を離れ、前世のように働きたいと思った。

パトリシアには、淑女として教え込まれていた令嬢の作法や学識がある。教わっていた知識を使えば、家庭教師という選択肢も残されている。

窓辺を見てみれば、そろそろ朝焼けに差し掛かろうかという時刻。もう少し眠らなければと布団に入る。

記憶の片隅に幼い頃のパトリシアが浮かんだ。

家族の愛を求めていた小さな小さな少女。

（大丈夫よ。寂しくなんてないから）

代わりとなる情熱を胸に、新天地へと向かうのだ。

幼いパトリシアを心の中で抱き締めながら、そうしてゆっくりと目を閉じた。

フワァと、はしたなくも口を掌で隠しながら欠伸をしたパトリシアは、昨日の御者が馬車と共に到着するのを宿の前で待っていた。スケジュールを遅らせることも出来ないため、あの後どうにかして眠り、朝食の時間を削ってこの場に立っている。

あれから話し合いの末、半額の宿泊費で決定した。

加えて泥棒の処遇等についても全て宿の亭主に一任することにした。これから別の地に向かうパトリシアは長居することも出来ないため、傭兵ギルドとして男を捕らえたアルトもそれに納得した。

見上げた青空は高く、白い雲が少し速く流れている。今日は風が強く、先ほどから風が吹くたび頭に被せた布やスカートを留めるのに必死だ。

高価な鞄は先ほどヴドゥーの町にあった質屋で金銭に換えた。ついでにパトリシアの屋敷から持ってきていた服や帽子もひと通り売り払った。

（今回の騒動はわたくしが見誤った結果起きてしまったのは確かなこと……同じ失敗はしないわ）

これから自身を待ち受けるのは、貴族ではなく一般の民の生活である。日々を生き抜くために必死になって働かなくてはならない。

パトリシアは、手元にある荷物が自身にとっての財産であることを認識している。だからこそ、危険な目に遭う可能性を少しでも減らしたい。

ふと、遠くから聞こえてきた馬の蹄の音に顔を上げる。が、すぐに首を傾げた。

（あれは……アルトさん？）

見えてくる景色に馬車の姿は見当たらず、あるのは馬に跨り近づいてくるアルトの姿だった。

金色の髪が日差しに照らされ、彼自身を輝かせているように見える。まるで絵姿のような神々しさだった。明子の頃の言葉でたとえるならば、まさに「白馬に跨った王子様」である。

アルトはパトリシアの前に馬を止めると、鞍から軽々と降りた。

「どうなさいました？ 何か聞きそびれがありましたか？」

パトリシアに直接用件があるとすれば、昨夜の泥棒騒動のことしかないだろうと思い尋ねてみたが、彼は意外にも首を横に振った。

「いや。お嬢さんが出ていく前に言いたいことがあった」

改めてパトリシアを見つめる視線。背が高いので、パトリシアは見上げる形でアルトを見つめ返す。

この光景を遠くから見れば、別れを告げる恋人同士に見えるのかもしれない。

一見美しい景色だが、実際のところは互いに警戒をしながらの睨み合いだった。

「……一つだけ謝罪を。装いだけで貴女を貴族の人間であると認識し、嫌みを吐いたことは事実だ。私情を挟んでしまったことに対し謝らせてほしい」

彼はどこかぎこちなく言いながら頭を下げた。

パトリシアは驚いた。まさか、改めてこんな風に謝られるなんて思っていなかった。

「もしかして……どなたかに叱られました？」

「…………宿の主人に」

「まあ」

パトリシアは思わず微笑んだ。

亭主にしてみれば上客であったパトリシアがアルトに言われ放題なままであることを気に病んだのかもしれない。

「宿の主人が言っていた。泊まる客にはそれぞれ事情があるものだと。それを少しでも癒すために宿があるっていうのに、身分を理由に相手を貶めるような行為を傭兵ギルドはするのかと。……亭主の言う通りだ。俺は事情も知らないのにお嬢さんに悪いことをした。許してもらえるか？」

「もらえるかと言われましても、そもそも怒ってもおりませんよ」

この美形、謝り慣れていないのか不器用そうな顔をしてパトリシアに詫びを入れてくるので、パトリシアは胸に抱えていたもやつきが全て払拭されてしまったのを感じた。

どんな事情か分からないにせよ、身分が上位である貴族に反感を抱く者の方が多いだろう世の中で、素直に謝ってくれたアルトには好感が持てた。

謝罪は、そう簡単に出来ることではない。

「ですのでどうかお気になさらず」

「そうか……なあ、お嬢さんの旅の目的地は何処だ？」

「ネピアです。ネピアで仕事を探そうと思っております。ああ、そうだわ。傭兵ギルドでは女性を雇用することとってありますか？」

「はあ？」

「着いたら早々に仕事を探さなくてはならないの。ネピアにも傭兵ギルドはあるかしら？　こういった現場に出るお仕事には事務職が必要でしょう？　出来れば事務員のような仕事がしたくて」

ネピアに到着してすぐに仕事が見つかるとは思っていない。

最終手段として、カイルの知り合いを経由してどうにか仕事を斡旋してもらう手立てはあるかもしれないが、それは最後に取っておきたいと思っていた。

「………そうだな。うん、傭兵ギルドには事務員もいるし、ネピアにも傭兵ギルドがあるにはある。それはいい考えだな」

何かしら考えた後、アルトは懐から紙とペンを取り出すと何かを書き始めた。どうやら彼は紙とペンを常に持ち歩いているらしい。

「ドレイク傭兵ギルド副団長の署名と推薦文を書いておいた。メモ書きで申し訳ないけどな」

最後に親指に短剣で軽く傷をつけているのを見て、パトリシアは慌てた。

「何をなさってるんですか！」

「何って、血判だよ」

「だからって……！　し、止血をしないと！」

「大丈夫だってこのくらい。それよりお嬢さんの名前は？」

軽く親指を口に咥えて舐めてから手拭いで拭き取るとアルトが聞いてきた。

「……パトリシアです」

「パトリシアな…………っと。これで今回の件は帳消しだ。もしネピアで傭兵ギルドに行くなら見せるといい。多少は融通利かせてくれるだろう」

パトリシアは差し出された紙を受け取った。汚い字ながらも、しっかりとパトリシアという女性を推薦する文が書かれている。末尾には傭兵ギルドと彼の名前。

「…………十分すぎます。ありがとうございます」

「まあ、せいぜい頑張ってみろよ」

ん？

妙に意地の悪い笑みを浮かべるアルトに違和感を抱きながらもパトリシアは推薦状を買い替えたばかりの古い鞄の中にしまった。


それから暫くして訪れた馬車に乗り、パトリシアはネピアへと向かう。その光景をアルトは佇んで眺めていた。

アルトはパトリシアが馬車で向かうネピアの町を思い出す。そして微かに笑った。意地の悪い笑みを浮かべて。

「お嬢さんが怒る姿が目に浮かぶなぁ」

　アルトは私情を捨てて謝罪した。

　彼女が興味を持ったから、ネピアの傭兵ギルドに対し推薦状を書いた。ドレイク傭兵ギルドは名が通った組織だ。この大陸内では通用するだろう。

　たとえそれが、傭兵ギルドの中でも落ちこぼれが集う劣悪な環境である、ネピアの傭兵ギルドであろうとも。

　美形であるが故に穏やかな性格と勘違いされやすいアルトが、根っからの貴族嫌いであることにはそれなりに事情があった。パトリシアにも事情があるように。

　日頃であれば、貴族になど二度とお目にかかりたくないと口煩く言っていたアルトだけれども、今この時だけは、次に会う機会があった時に浮かべるだろうパトリシアの悔しそうな表情を思い浮かべて、意地悪く笑っていた。

　かっちりとワックスで固めた髪に茶色の瞳の青年、クロード・ライグは名のある豪商の長男だった。次代のライグ商会を担う後継者として甘やかされながらも厳しく躾けられて

いた青年は、十八歳にして真の愛に気付き、晴れて婚約者との婚約破棄を成立させた。

そもそも何故婚約をしたかといえば、勿論商会のためであった。ライグ商会の長男クロードと伯爵令嬢であるパトリシア・セインレイムが婚約を決めたのも、ライグ家とセインレイム家の利害が一致したからに過ぎなかった。

ライグ商会は貴族にのし上がりたかった。セインレイム伯爵家は領地の経営が思わしくなく、残された遺産が伯爵という身分だけであった。

互いが暗黙のうちに協力しあうようになったのは、言わずもがなである。

ライグ家は豪商として名を揚げたばかりであり、信用度合いでは老舗の商会や貴族と縁を持つ他の商会に勝てなかった。商人ギルドに加盟したのも一代前からであり、未だ信用も高くない。更なる成長を遂げるため、他の商会に蹴落とされないためにも後ろ盾となる貴族との繋がりが欲しかったのだ。

しかしクロードは自身が商会を継いだと同時に、愛を選んだ。顔立ちは良いが性格が我が儘で癇癪もちのパトリシアではなく、クロードを優しい言葉で癒し微笑んでくれるアイリーンを選んだのだ。優しく聡明なアイリーンこそ、将来のライグ商会においても良き母として支えてくれるに違いない。そう、確信した。

だからこそ、アイリーンの言う通りにパトリシアと婚約破棄をした。

『彼女なら、きっと怒鳴って貴方を責めるでしょう。けれど、世間はきっと貴方に味方してくれるわ』

うっとりとした瞳で見上げるアイリーンの言葉を信じ、パトリシアと会う時間を設け彼女に婚約破棄を告げてみた。

その結果……想定外のことばかり起きた。

まず、パトリシアの様子が今までと全く違っていたのだ。

久し振りに会ったパトリシアは落ち着き払った様子でクロードを見つめるものだから一瞬クロードは胸がドキリとした。

会っていた時のパトリシアは、可愛いと思ってはいたものの幼い少女のようだった。今までは派手なドレスを着てクロードに甘え、流行の劇を見に行きたいだの欲しい物が出来ただのとねだり、それが叶わないと機嫌を悪くするような女だった。妻というよりも妹のような感覚だ。それが実の両親に関心を持たれなかったために起こしている甘えであると教えられても、正直クロードとしては婚約の話がない限り関わるのは遠慮したいぐらいであった。

しかし、クロードが改めて婚約破棄を伝えるために会った時、パトリシアは打って変わったように大人びていた。

派手なドレスではなく落ち着いたワンピースを着用し、華やかさに溢れていた髪の装飾は全て無くなっていた。銀色の髪は三つ編みの一つ結びとなり、その姿は修道女のように落ち着いていた。

以前は会話でもパトリシア自身のことばかり話していたのに、逆にクロードの話を率先して聞いてきたことにも驚いた。

そして何より驚かされたのは言葉巧みに交渉してくる彼女の姿勢だ。いつ用意したのか婚約破棄や慰謝料に関する資料は徹底しており、何一つ漏れはなかった。クロードとて商人の端くれだ。それなりに数字や法律を学んでいる。

だからこそ分かる。パトリシアの資料に間違いがないことが。

「クロード……」

突如声を掛けられたことに驚き顔を上げてみれば、クロードの愛する女性アイリーンが扉の陰から顔を覗かせていた。

そうして今自分が社交の場にいることを思い出す。ライグ商会の新しい顔として、様々な社交の場に顔を出している最中だった。今日はアイリーンの友人である子爵家の家族が開くパーティーに彼女と共に参加したのだ。

アイリーンの話では、友人も友人の家族も含めアイリーンとクロードに同情的だったと聞いていた。

だが、現実は違った。

『彼が……あの裁判で婚約破棄をしていた……』

『セインレイム家のご両親は悲しみで倒れられたご令嬢のために、療養をされているそうよ』

『まあ……お可哀そうに……』

ひそひそ。ヒソヒソ。

噂話が好きな貴族達は、好き勝手に噂を流す。

噂が流れることまでは分かっていた。しかし、内容が思っていたものではなかった。

本来ならばアイリーンとクロードの純愛を皆が応援し、パトリシアが悪女として噂されるはずだったのだ。しかし実際は真逆となり、パトリシアが悲劇の女性として同情され、クロードは彼女を手酷く裏切った男として非難されていた。

「アイリーン……」

扉の陰から様子を窺っていたアイリーンの名を呼び、ふらふらとした足取りでクロードは彼女を部屋に招いた。

扉が閉まると同時にアイリーンを抱き締める。

「君は嫌なことを言われなかったかい？」

「……ええ、大丈夫よ」

黒髪の可憐な女性は少しだけ眉を下げながらも、穏やかな笑みを浮かべクロードに微笑んだ。

それが、彼女なりの気丈な振る舞いであると悟り、クロードはより強く彼女を抱き締めた。

「どうしてだ……本当なら、今頃同情されるのは僕らのはずだったのに！」

クソッと、思わず舌打ちする男の背を、白い手袋を嵌めたアイリーンが優しく撫でる。

「噂話なんてすぐに消えますわ。だって私達……何も悪いことなんてしていないでしょう？」

僅かに崩れたクロードの前髪を優しく撫で、アイリーンは微笑む。

「私達は愛し合っていただけですもの。私達の想いを叶えただけですし……それに、あのままパトリシアと結婚していたら……それこそライグ商会の痛手ですわ」

「そ……そうだよな」

クロードは安堵する。彼女の言う通りだと、改めて確認するように頷く。

「ええ。そうですわ。だからクロード、どうか胸を張って。皆様の視線が嫌なのは分かりますけれど、今はライグ商会を担うのですから……ね？」

「分かった。ありがとう……アイリーン」

気を引き締めるようにしてアイリーンを抱き締める。それから優しく額に口づけると顔を上げ、彼の戦場となる社交の場へと足を向けた。

恋人の背中を見送っていたアイリーンは、クロードの姿が見えなくなると同時に浮かべていた笑みを止めた。優しく愛らしい微笑みが消えると途端に冷たい印象へと変わる。それどころか、僅かに眉を顰め露骨に不満を顔に浮かべていた。

「……使えない男……」

評判が悪いことに動揺して隠れるように個室にいたクロードに対して、抱く感情はそれだけだった。もう少し賢い動きをするのではないかと、何処かで期待をしてしまっていたらしい。

「ああでも、そうじゃなきゃ動かしづらいわね……」

賢すぎても思い通りにならなくなってしまう。だとすれば今のままが理想なのだ。

アイリーンは近くにあった鏡台の前に立ち、前髪を整える。社交の場で愛想良く笑顔を振りまいているせいか、頰の筋肉が随分疲れているのを感じる。

鏡には愛らしい自身の姿が映し出されていた。艶やかで真っ直ぐに伸びた黒髪に庇護欲をかき立てる大きな亜麻色の瞳。

僅かに首を傾げてみせれば、愛嬌のある女性が鏡に映る。

アイリーンは自身が第三者からどのように見えているのか理解している。か弱くすれば男は手を差し伸べ、優しくすれば女は自分の味方と思ってくれる。大体が思い通りに動くのだ。

（ひとつだけ違っていたけれど）

思い出すのは、銀色の髪が特徴的なかつて友人だった女性の姿。

パトリシア・セインレイム。

（まさか向こうから婚約破棄の手続きを進めるなんてね）

アイリーンは、クロードに婚約破棄を宣言されたらパトリシアは怒り暴れるだろうと思っていた。感情のままに怒り、叫び、そして泣きだすだろうと。

その姿は淑女らしくなく、風評を悪くするだろうと思っていたのだ。結果、婚約破棄を告げたクロードとアイリーン自身に同情票を集めようと思っていたのだが。

鏡に映る女性の眉間に皺が寄っていることに気が付き、アイリーンは慌てて笑みを浮かべた。

（まあいいわ。どうせもう会わないでしょうし）

療養のため別荘地である郊外に行ったと聞くが、パトリシアの姿は見かけないという。引き籠もっているのか、はたまた金の掛からない修道院にでも入れられているのか。

アイリーンの知るところではないし、興味もなかった。

何故ならアイリーンは、パトリシアが嫌いだったからだ。

「……そろそろ時間ね」

鏡を見つめていたアイリーンは独り言を吐くと、クロードが出ていった扉に向かった。

薄暗(うすぐら)い部屋の鏡は、部屋から出ていくアイリーンの姿を最後まで映していた。

◆二章◆ 組織改編を行いますか？

Chap.02

ネピアという町は、ネピア湖と呼ばれる大きな湖のほとりに集落を構えたことがきっかけで発展した。町の名にもなった湖からは様々な恵みがある。美しい湖には魚も棲息しており、漁業を行えるほどに広い。更には養殖場を設けたり、湖の水を引いて町の水源としたり、湖水付近の山間にある洞穴を利用して保存食を備蓄するなど、資源は豊富であった。

それでいてネピアは山脈に囲まれているため、外部からの侵略も防げている。自然の防衛により安全が保障されているため、町は比較的平穏である。

パトリシアが馬車と別れてまず初めに行ったのは、宿探しだった。住居を構える資金を蓄えてはいるが、事を急いでも意味は無い。

まずは町のことを知るべきだと、女性客にも寛容である宿を探した。

今度は失敗しないように、限りなく旅人に見えるよう質素な恰好に努めた。その甲斐あってか、前回のように貴族として見られることはなく、遠方から訪れた客として接してもらえた。

「女性の一人旅なんて珍しいねえ。事情があるのかい？」

「ええ。身内が亡くなったから新しい住まいを探しているの。ネピアはとても良い場所だと聞いたから気になって。別の土地からの人間は嫌われないかしら？」

「そうかい。そうかい。ここは余所の町よりは寛容だよ。ようこそネピアへ」

パトリシアは亭主の言葉に心からホッとした。どうやらカイルが話していた通り外の人間にも優しいらしい。

「そうは言っても、夜は一人で出歩かないように気をつけなよ。平和な町だけど夜はそうでもない。ああ、飯は宿の隣に飯屋があるから、そこを利用しておくれ」

「分かったわ」

宿の亭主に案内され、とりあえずパトリシアは衣類等嵩張る荷物だけを部屋に置いて外に出ることにした。

空を見ればあと数刻で陽が落ちる時刻だ。歩ける時間は少ないかもしれない。

町の人の出入りはそこまで多くはないものの、廃れている様子もない。ヴドゥーや帝都と比較すれば勿論寂れているのだろうけれども、それでも十分に豊かな町だった。

(素敵なところ)

パトリシアが特に気に入っているのは、ネピア湖だ。

十六歳の誕生日会を池の傍で開催したのだって、パトリシア自身が池のほとりから眺める景色が好きだったからだ。まあ、その後溺れたのだけれども。

前世でも今世でも、水辺の景色を眺めるだけで気持ちを落ち着かせることが出来たパトリシアにとって、目の前に広がる大きなネピア湖の景色は感動しかなかった。陽の光を反射する水の煌めき。時々ポチャンと音を立てて跳ねる魚。草花が風で揺れる音。遠くに見える山の景色。

その全てがパトリシアを癒し、慰めた。

暫くの間眺めていると、少しばかりお腹が空いた。そういえば到着してから食事にありつけていない。

少し離れた場所で開いていた屋台を覗く。町の通りで食料を売る光景は、貴族として建物の中や庭園でしか食事をして来なかったパトリシアにとって新鮮だった。数ある屋台の中から、丸い焼き立てのパンを一つ買って食べた。素朴な生地の食感と香ばしいパンの味に頬を緩ませる。

貴族の時には礼儀がなっていないと叱られた、食べ歩きをしてみる。何だか慣れない感じはしたけれど、景色を眺めながら食べるパンは美味しかった。

「果実水はいかがかね？」

パンを頬張っていたパトリシアに、別の屋台を出していた中年女性が気軽に話しかけてきた。丁度喉も渇いていたため頷いた。

「熟れた果実を混ぜてあるから美味しいよ」

「どうもありがとう」

小銭を財布から取り出して女性に渡すとすり潰した果実が僅かに浮いた水が出された。その場で飲むと果実の甘酸っぱさが口内を満たす。素朴な味のパンとよく合った。

「見慣れない顔だねえ。旅行かい？」

「いえ、できればここで暮らしたいと考えているのだけれど。どうすればいいかしら」

「あらそうなの！」

女性は嬉しそうに笑う。宿の亭主も同じであったが、余所者にも優しい様子にパトリシアは安堵した。

「女の子は歓迎するよ。最近は若い女性が出て行っちまうことが多くてねぇ……町に住みたいならまずは町役所に行って手続きをしてきな。空いている住処も紹介してくれるよ」

「助かりました。困っていたところなの」

「またよろしくね」

町役所の場所も教えてもらい、女性に手を振ってその場を離れた。

情報を収穫出来たところで陽が落ちてきたため、パトリシアは宿に戻り一日を終えた。

その日は旅の疲れもあって、夢を見ることもなく深い眠りについた。


そして翌朝。

宿の主人にもう一泊する旨を伝え、朝食を食べてから活動を始める。

まずは昨日教わった女性の話から町役所へ向かうと、ネピアの中では大きい部類に入る建物が見えてきた。

パトリシアは期待を胸に建物へと足を早めた。

「……はい、以上で手続きは終わりました。ネピアへようこそ。パトリシアさん」

町役所で移住の希望を伝えれば、歓迎する雰囲気のまま手続きを進められた。

手続きの内容は思ったよりも細かい。

元の住居、家族構成、職業、何かあった場合に連絡すべき相手など確認事項は多種に亘った。

家族構成や何かあった時の連絡先については、申し訳ないが明記しなかった。有り難いことに事情があれば書かなくても良いらしい。ただ、町に対して迷惑な行為や犯罪に関わることがあった場合、即時町を出ていくことや損害金の請求を行うとしっかり話をされた。

「近頃は女性が出ていくばかりだったから、こうして女性の方が町に住んでくれるのは有り難いですね」

「そうなのですか？」

町で会った屋台の女性も同じことを言っていたのが気になった。

「あ、いやまあ……もっと帝都に近い方がいいのかねぇ。町を離れる人が増えてしまって」

しまった、という表情を一瞬見せたあと、慌てて取り繕う役人男性の姿に疑問が浮かぶ。

昨日の女性も言っていたが、女性ばかりが離れるというのは何故なのだろう。

「そ、それよりもパトリシアさん！　ここで何か仕事を探しますか？　よろしければ町の求人をお見せしますよ」

「ぜひお願いします」

無理やり話題を変えられたように思えたものの、パトリシアは求人という言葉に食いつかずにはいられなかった。てっきり仕事を探すにも苦労すると思っていたが、ネピアでは随分と転入者に優しいらしい。転居の手続きだけではなく、こうして仕事まで紹介して貰えるとは。

（新しい住民への支援が都よりもしっかりしているわ……）

帝都の移住者への待遇は厳しい。町に人が溢れているため、仕事を見つけることも難しかった。ネピアを訪れるまでに心配していたことは杞憂に終わるかもしれない。

役人が取り出してきたのは、分厚く束ねられたボロボロな求人票だった。はみ出していたりだいぶ古いものまである。

パトリシアは慎重に頁を捲る。メモのように書かれた求人の内容は様々だった。上から順に新しいものが綴られているのだと思うけれど、見辛さは拭えない。

一番上に綴られている求人票を見たところでパトリシアの手が止まる。

「……レイド傭兵ギルド……？」

「ああ！　もしかしてこの求人に興味ありますか？」

受付の男性が声を弾ませながらこちらに話し掛けてきた。急な反応にパトリシアは一瞬驚くが、気を取り直して笑みを浮かべる。

「ええ……名前を聞いたことがありまして」

「いやぁ〜まさにレイドで人を募集しているところなんですよ！　良ければ受けてみませんか？」

男が指す求人票を改めて見る。見て、絶句した。

『アットホームで楽しい職場です！　未経験の方でも大丈夫！　女性大歓迎！』

（これって……アレよね……）

前世でよく見かけた求人の文言を思い出す。そして、その文言を謳う企業を大概何と呼んでいたのかを。

（ブラック企業……）

まさかこの世界でも目にすると思わなかった。

お勧めしてくる役人の言葉を聞き流しながら求人票を見てみれば、好条件に見える求人票ではあるものの、細かい条件がろくに書かれていない。休日や賃金の内訳など、他の求人票と比較してみても明らかに情報量が少なかった。

「どうかな？　せめて見に行ってみるだけでも、ね？」

やたらとお勧めしてくる役人に対し、濁した笑みを浮かべる。

ふと、その先でこちらを見る別の役人の顔が見えた。若い女性で、その表情は明らかにパトリシアに対し同情した様子だった。

（……何かありそうね）

そもそもアルトから貰った推薦状もあることだし、傭兵ギルドには行ってみようと思っていたが。

（この様子だと推薦状もわざと……なのかしら）

思い出すのは金髪の美丈夫の姿。やたらパトリシアに突っかかってきた傭兵の男性。

（あの人……きっとこの状況を知っていたのでしょうね）

一体何のためにパトリシアに推薦状を渡してきたのか。

パトリシアは改めて顔を上げ、役人に声を掛ける。目の前に居る役人ではなく、その奥でパトリシアを見ていた女性に向けて。

「貴女はレイド傭兵ギルドがどのような職場かご存じですか？　できれば伺う前にどんな

仕事があるかを知りたくて……」

　パトリシアは思わず言葉を止めた。女性の顔がサッと青くなったからだ。

「レ……レイド傭兵ギルドですよね……ええと……事務員の仕事がありますが……その、あまりお勧めはしません。特に貴女のような綺麗な方にはちょっと……」

「お前……！」

　パトリシアの正面に座っていた男が非難めいた声で女性を制す。彼女は萎縮した様子を見せる。男はパトリシアの前で大声を出してしまったことにハッと気がつき、パトリシアを気にしてワザとらしく咳払いをする。

「あの、彼女の言うことはその……気にしないでください。色んな方がいますから、ね？」

「…………そうですね」

　その後、気まずい空気を残したままでいくつかの求人票を見た後に役所を出た。

　直接やりとりした役人の男は、あれ以上レイド傭兵ギルドについて勧めてはこなかったものの、何処か焦った様子であったことだけは確かだった。


　必要な手続きは問題なく終えることが出来た。

住居に関しても役人から紹介された空き部屋に決めた。入居にはまだ手続きが必要なため、もう一、二泊宿での生活になりそうだった。

レイド傭兵ギルドについて、役人の反応を見てパトリシアは躊躇したものの、まずは一度直で見ることを決めていた。

渡された推薦状、役人の様子。

ネピアで暮らすと決めた以上、確認をしておくべきだとパトリシアは判断した。

(確かこの辺りだったはず)

傭兵ギルドの場所は既に教わっている。町の外れにある民家の形をした建物がレイド傭兵ギルドの拠点だった。

念のため、役所から貰った求人票の控えを手に向かってみる。

求人票には、女性の事務員を募集しているという内容が記されていた。給金もそこまで低くないというのに、明らかにブラック企業のような文言が書かれた求人票が物語る意味を、パトリシアは知りたかった。

「ここ……なのかしら?」

目的地と思われる場所に辿り着いたパトリシアは、その建物を見て思わず声を漏らした。

というのも、傭兵ギルドの拠点とする建物が、想像以上に古めかしかったからだ。古い建物には所々ガタがきている箇所が見えた。木造の柱が一部腐りかけている。石畳の庭は雑草が生い茂ってしまい石畳が見えない。しかもその石畳は欠けている。大きな騒動があった後に放置した状態で残されているようなこの建物が、本当に傭兵ギルドの拠点なのだろうか。

扉の前に立って扉を開けるかどうか悩んでいるところで、中から大きな怒鳴り声が聞こえてきた。

思わず身体が竦む。内容までは聞こえないが、男性が誰かに対し大声で怒鳴り散らしている。

中にはどうやら人が二人いるらしい。大声を出している男と、その男に怒鳴られている少年らしき声。

（どうしよう）

パトリシアは悩み、扉の取っ手に手を置いては戻す。評判があまり良くないらしいネピアの傭兵ギルド。けれども、傭兵ギルドという組織に興味が惹かれるのもまた事実。

他の数ある求人票も覗いて考えてみたけれども、一人で生きると決めた時から自分のやりたい気持ちには正直でありたいと思った。

出来ることなら事務職が良い。求人票を見た限り、事務員の募集が傭兵ギルドにしかなかったのも事実なのだ。

意を決し取っ手に手を置いて扉を開けようとした、その時。

「やめときな、お嬢ちゃん」

取っ手を掴んでいた手の上から大きくて硬い掌が被さってきた。

パトリシアが驚いて振り向いてみれば、真剣な表情でパトリシアを見つめる長身の男性が立っていた。

気配なく手を押さえてきた男性をパトリシアは訝しげに見た。真剣そうな瞳は深い緑色。顔を見る限り、パトリシアとはひと回りは違うのではないかという年齢差を感じさせた。無精に生やしているひげは貴族社会で生きてきたパトリシアには不潔に見えるはずなのだが、この男にはよく似合っていると感じた。

パトリシアの緊張を感じたのか、垂れ目の眼差しが愛嬌ある表情に変わり小さく笑った。

「悪い……驚かせちまったな。俺はヒースといってここの傭兵ギルドに所属している。何か用事かい？」

何者であるかが分かると、パトリシアもホッとした。ヒースという男性から感じた緊張感は既に無く、人の良さそうな雰囲気しか残っていなかった。

「………本当にこちらの傭兵ギルドの方？」

「嘘をついても何の得にもならないだろう？　正真正銘、レイド傭兵ギルドの人間だよ。

中に案内したいところなんだけど……ちょっと取り込み中みたいだからね。立ち話で悪いけど用件を聞いてもいいかい？」

「……こちらで女性の事務員を募集していると役所で求人を見たので……」

取り込み中という言葉を聞いて、確かに中からは誰かの怒鳴り声が聞こえていたことを思い出した。来客中だったのかもしれない。そう考えればヒースという男性が言っていることにも納得が出来た。来客中だとしても怒鳴っていたことは気になるけれど。

しかし求人の話をするとヒースは固まった。それから垂れ目の眉間に僅かに皺を寄せて、腕を組む。

「おたく、この町に来たばかりだね？　役所の人間はここの仕事を勧めてきたのか？」

「ええ……わたくしも事務の仕事がしたかったものですから」

「…………」

ヒースが黙り込む。愛嬌がありそうな顔をしておきながら、無表情になると途端に緊張を生み出すその顔立ちに、パトリシアは不思議と惹きつけられた。理由は分からないが、今まで接してきたことがない気迫が感じられたからだ。

けれども彼がへらっと笑うと、その気迫が一瞬にして霧散したこともまた、彼が気になる要因であった。

要は、摑みどころがないのだ。

「お嬢ちゃん」

少し馬鹿にした言い方にパトリシアは無言でヒースを睨む。

彼はパトリシアより頭一つ高いところから彼女を見下ろしていた。困ったような笑顔を見せながら。

「悪いことは言わない。ここでの仕事は諦めな。教養もあるおたくなら、ネピアにはもっといい仕事がある。何なら俺が紹介することも出来るから、とにかくここの仕事は止めておけ」

「……………どうしてですの？」

役所の女性もこのヒースという男も、傭兵ギルドで働くことを止める。しかし止めるだけで理由を言ってくれない。それではパトリシアが納得出来ないと思わないのだろうか。

「理由は……まぁ、実際に見れば分かるだろう」

一つ溜め息を吐くと、ヒースはパトリシアの腕を掴んだ。さっきは引き留めた扉の取っ手をヒースが掴み、パトリシアと共に中に入った。

まさか入室するとは思わなかったパトリシアは、引っ張られるがまま傭兵ギルドの建物の中を見渡した。照明が少なく薄暗い屋内には二人の男性がいた。

一人は十四、五歳の男の子。もう一人は屈強そうな体型をした男性で、歳はいくつだろうか。二十代にも三十代にも見えるのは、男の洋装が年齢に合わないせいだろうか。

「ヒース！　可愛いお嬢さんじゃないか。客か？」

よく響くその声は、パトリシアが外で聞いた怒声と同じだった。つまり、この男性が先ほど怒鳴っていた男性らしい。

パトリシアに近づいて見下ろす顔は、笑っている。顔に所々傷があることから傭兵ギルドの一人であり、武術に長けているのだと分かった。体つきも戦士のようにがっしりしている。

ただ目が合った瞬間、パトリシアは全身に鳥肌が立った。

獲物を狩るような目だと思った。

その時、ヒースの手に力が入り、パトリシアを庇うようにヒースが前に出た。

「ルドルフ。悪いけど彼女は俺の客だ。もう契約も済ませちまったとこなんだよ」

「おいおいマジかよ。なぁお嬢さん、こんな落ちこぼれ野郎に依頼するより俺の方が絶対にイイぜ？　良ければ俺に契約変更しないかい？」

「……………申し訳ないけれど、ヒースさんにお任せしますわ」

会話から背景を読み取ったパトリシアは、相手を怒らせない程度に軽く謝りながらヒースの傍に寄った。

ルドルフという男はパトリシアの答えを聞いた途端、不快な顔を露わにして舌打ちをし、建物の出入り口に向かった。

「ムカつく客だな。ヒース、お前にお似合いだよ。おい、ミシャ！　さっきのやつ今日中に用意しておけよ！」

「は、はい！」

ミシャという少年は、急に呼ばれて慌てて返事をした。

乱暴に扉を閉めて出て行った男の嵐のような行動に、パトリシアは小さく息を吐いた。知らず知らず緊張していたらしい。

「………な？　これが、お勧めしない理由だよ」

摑んでいたパトリシアの腕を離して囁いたヒースの声。

「事情はよく分かったわ」

見上げた先にある深緑の瞳を見て、パトリシアもようやく落ち着いた。理解を示したパトリシアを見て、ヒースもまた口角を上げて笑ってみせた。

「ヒースさん！　お客様と打ち合わせならお茶をお出ししますよ」

「ありがとう。悪いね」

ミシャという少年は先ほどまであれだけ怒鳴られていたというのに、全く気にもしていなそうに大きな声でヒースに聞いてきていた。

若草色の短髪に、太陽のように明るい金色の瞳。クルクルと表情の変わる子だった。きっと明るい空の下で見ればもっと輝いて見えるだろう少年は、いそいそとお茶を用意している。何処か嬉しそうな様子に、見ているパトリシアも気持ちが和んだ。

「まあ、掛けなよ」

打ち合わせ用の机と椅子が置かれた席に、パトリシアは頷き座った。ギシギシと軋む椅子は座り心地が悪く安定していない。机にも切り傷が残り、鑢もかけられた様子はなかった。

「どうぞ！」

ミシャが頬を染めながら微笑みつつパトリシアにお茶を出す。

「ありがとう」

「いえ。へへっ……ヒースさんがお客さんを連れてくるなんて久し振りだから嬉しいな」

「おいおい、人聞きの悪い。俺だってちゃあんと仕事ぐらいはするさ」

「しかもこんなに綺麗な人、僕初めて見ました。僕はミシャといってレイド傭兵ギルドの雑用係をしています。何かあったら言ってくださいね」

「ありがとうございます。パトリシアと申します」

人の良さそうなミシャに名乗ると真っ赤になりながら、また微笑まれた。瞳の色だけではなく、どうやら性格も太陽のように明るい少年らしい。

「さあって。パトリシアお嬢様？　依頼について具体的に話をしましょうか」

白々しく言い出したヒースは、向かいの席に腰掛けてからミシャが持ってきたお茶を飲む。

パトリシアも黙ってミシャが置いたお茶に手を付ける。苦く、到底来客用に出すようなお茶でないことだけは分かった。

パトリシアが机に置いた求人票を手に取り眺めると、ヒースはパトリシアに見えるように向けて、ぴたりと指で留めた。

「見ての通り、ここは劣悪な職場でね。女性の採用なんて募集をかけてはいるけど、同僚がこうも最悪でろくに仕事もやってこない。給金は高いように見えたかもしれないが、実際貰えるかなんて分かったもんじゃない。求人に書いてあったことが嘘だと分かっただろう？　諦めて別の仕事を探すことをお勧めするよ」

「……どうやらそのようですね……」

訪れてすぐのパトリシアにも分かったが、ここの傭兵ギルドは何かしらの事情があって先ほどまで居たルドルフという男により評判が落ちているのだろう。

そして、この傭兵ギルドが彼を除名しないことにもきっと理由があるはずだ。

周囲を見渡せばミシャとヒース以外に人の姿は無い。少なくとも事務員と呼ばれる者が傭兵ギルドには必要不可欠だというのにその姿すら見当たらない。もしかしたらミシャという少年が代わりに仕事を行っているのかもしれない。何やら書き物を必死でやっている様子が見える。

「分かりましたわ」

「お？　そうかそうか。じゃあ、早速お帰り頂いて……」

「何を仰っているの。依頼の話がまだでしょう？」

お茶を飲んでいたヒースの手が止まる。

「……何だって？」

「貴方が仰ったのでしょう。わたくしは貴方の客なんだ、と」

ルドルフという男に目をつけられないために言い出した嘘だということは、パトリシアも分かっている。それでも彼女はあえて口にした。

「正式に依頼をさせて頂きますわ。ヒースさん、どうかわたくしがこの傭兵ギルドで問題なく仕事を出来るようにして頂けます？」

パトリシアは微笑んだ。

断るなんて言わせない、無言の圧力を混ぜ合わせた笑顔に。

ヒースは引きつった顔を戻すことが出来なかった。

「貴方達に依頼する内容は、『わたくしがレイド傭兵ギルドで事務員として問題なく勤められるようにする』ですわ」

「…………は？」

パトリシアの依頼内容に、ヒースとミシャは同時に声を発した。

ヒースの隣に座らされたミシャも、パトリシアの一言に口を開けて固まっている。

「求人票や町の方の様子を見るに、こちらの傭兵ギルドに問題があることは想像出来ました。実際にお伺いして原因は明らか。先ほどのルドルフさん……？　あの方が原因ということで、よろしいでしょうか？」

「…………」

ヒースの表情は変わらなかったが、ミシャは明らかに俯いて困った様子を見せた。

「貴方がたにも事情があるとは思いますが、このまま看過してよろしいことでもないと思います。違いますか？」

「随分な言いようだねえ」

ヒースが笑うが、その表情はパトリシアを非難するというよりは、どちらかといえば自嘲しているように見て取れた。

パトリシアの依頼内容は、恐らくヒース自身が見過ごしていた……又は関与してこなかったであろうレイド傭兵ギルドの問題の核。問題とされる対象ルドルフをどうにかしろというものだった。

「そうだな……」

ヒースは隣に座っているミシャを横目で見る。ミシャは視線に気付くと笑ってヒースを見返した。

「どうしたの？　ヒースさん」

「………いやぁ？」

　ミシャの短い髪を大きな手でくしゃりと撫でた。その様子だけでパトリシアはヒースの気持ちが分かった。彼もミシャを心配しているのだろう。けれど、だったら何故すぐにでも行動しないのか。そのような疑問を抱くが、事情を知らないパトリシアが口を出すことではないため、黙ってその様子を見つめていた。

「まあ、そろそろあの野郎にもケジメを付けないと、とは……思っていたしな」

　と、独り言と共にヒースはパトリシアを見た。

「分かったよ。その依頼はこちらとしても願ったり叶ったり……ってとこだ。請けるよ」

「ありがとうございます」

　パトリシアは微笑む。交渉が成立する瞬間は、いつだって気持ちを弾ませるものだ。

「それじゃあ、改めてこちらの事情を伝えるとするか。それを聞いて断ってくれても構わない」

　軽く咳払いをすると、真面目そうに見える表情が近づいてきて、薄暗い屋内でヒースの深緑色の瞳が光った。

「ルドルフは……まあ、レイド傭兵ギルドの団長ではあるが、ろくなことはしていない。横領、恐喝……従来レイドってのはネピアの治安維持活動を中心にしていたが、今じゃその真逆を進むような状態だ。だが、ルドルフはネピア領主のお気に入りだ。あいつのことを全面的に信頼している領主がいるからあいつも好きなように出来ている」

「ここ最近、女性の方が出て行っているというのも……」

「嬢ちゃんの予想通り。あいつが原因だよ」

ヒースは脚を組みながらポケットから取り出した手巻き煙草を口に咥え、携帯用の火打ち石で器用に火をつけふかし始めた。パトリシアが眉を顰める。

「……煙草は止めて頂けませんか？」

「ああ、悪い悪い。一本だけな」

申し訳なさそうに笑っているが、ヒースがパトリシアを子ども扱いしていることは明らかだった。恐らく三十くらいだと分かるこの男、垂れ目にやる気のない素振り。それでも歳を取って見えないのは彼が傭兵らしくしっかりとした体つきだからということと、だらしがない髪と、まるで人の心を見透かすような深緑の瞳。前髪が長く伸びているせいで瞳を時折隠し、年相応に見えないからかもしれない。

「こういうことが積み重なれば、町の評判自体を落としかねないというのに。領主は全く知らないの？」

「ルドルフって男はその領主の遠縁だよ」

「そういうこと……」

血縁関係というのは強固であり厄介な存在でもあるのは、貴族社会であろうが無かろうが何処でも同じということだ。

「そういえば、どうしてこんなに傭兵ギルドの拠点はボロボロなのでしょう？」

「そりゃあ傭兵ギルドの収入をほとんどルドルフが没収しているってのと、あいつが全く傭兵ギルドに手数料を支払わないからさ」

「手数料？」

ヒースの説明から分かった傭兵ギルドのお金の回り方は、極めて組織らしかった。

傭兵ギルドに所属している傭兵は傭兵ギルドを名乗ることが出来る。加えて必要な情報、必要とする道具などを傭兵ギルドの下で利用することが出来る。

傭兵は仕事を請け負ったことにより報酬を得ることが出来るが、その中の三割を手数料として傭兵ギルドに納めなければならない。

傭兵ギルドは集めた手数料を必要な経費に充てることが出来る。建物の修繕費や事務員の報酬、新しい傭兵を採用するための費用など。

「レイド傭兵ギルドの業務の九割はルドルフへの依頼だ。今の収入源のほとんどはネピア領主からの仕事だからな。しかし、あいつは報酬の三割どころか一割しか傭兵ギルドには払わない。何だったら払わないこともある」

「そんなこと……」

「出来るんだよ。今は事務員がいないから」

最近まで勤めていたらしい事務員は、ルドルフの傘下にいた者だったらしい。そのためうまく手続きを誤魔化し、報酬額の一割を傭兵ギルドに納めていたのだが。

ルドルフとの間に諍いが起き、事務員は辞めさせられたらしい。

「事務員を採用するにもあいつは女がいいと言いだす。採用したとしても、その女性に手を出そうとして辞められる。好みじゃない女性が来れば、何かと文句を付けて辞めさせる。好き放題やらかすあいつが嫌だと、最近では目を付けられる前に女性が町を離れるまでになった。どうだ、最悪だろう？」

「最悪すぎじゃない……」

それでは、傭兵ギルドに依頼も来ない。しかし、唯一の収入源であるルドルフがいなければ傭兵ギルドが立ち行かないという悪循環が生まれている。

「貴方とミシャさんはどうしてこの傭兵ギルドに？」

率直な問いに、煙草の火を消したヒースが答える。

「ミシャは傭兵ギルドに憧れていたんだ。家族がネピアに居るから離れた傭兵ギルドに丁稚に行くことも出来ない。それで事務員と雑務の仕事でも構わないからと、レイド傭兵ギルドで仕事をしている。最低限の給金は貰っているからどうにかなっているし、人懐っこい性格のお陰か、ルドルフも追い出したりはしていない」

「そうなの……」

確かにミシャという少年には底知れぬ明るさがあるが、それでも傍若無人なルドルフの下に長居し続けることは心配だ。ミシャに顔を向けると目が合う。彼は困ったように笑っていた。

「俺はまあ、知り合いのツテみたいなモンかな……」

投げやりなヒースの言い方が気にはなったものの深追いせずにパトリシアは頷いた。人のことを詮索することは無粋。それ以上のことは聞かないことにした。

「今のお話で、わたくし達が優先すべきことが見えてきました」

「今のでか？　何だ？」

「まず一つ目はルドルフさんの除名。二つ目はレイド傭兵ギルドの収入源確保ですわ」

ニッコリと微笑むパトリシア。

ヒースはまたか、と心の中で思った。

この女性、自分の強い意志を持った発言をする時に生き生きとするのだ。今のように。

先ほどヒースに対し仕事を依頼してきた時と全く同じ顔をしている。

「ルドルフの除名については大賛成だが……今の傭兵ギルドに仕事の依頼なんて来ないぞ？　来てもルドルフの知り合いが持ってくるどうしようもない依頼ばかりだ。俺やミシャが出来るような仕事なんて……」

「何を仰っているのです。仕事というのは待っているだけでは来ません。獲りに行くのですわ」

「はぁ？」

ヒースにしては珍しい大きな声に、屋根に止まっていた鳥が飛び立った。


数日後。

パトリシアは湖畔にある休憩所で書類を眺めていた。

眺めていた資料に影が落ちる。顔を上げてみれば、ヒースが立っていた。

「ヒースさん」

「ほら。依頼のモンを持ってきたぞ」

書類を眺めていたパトリシアに、新たな書類を持ってきたヒースが不機嫌そうに話しかける。

パトリシアはヒースに渡された書類を受け取ると、軽く流し読んだ。

「ルドルフの仕事も徐々に減少傾向にあるのは確かなようですね」

「そう。事務員が辞めてから少しずつ減少しているのは見ていても感じた。結構色んなところで喧嘩を吹っ掛けているみたいだねぇ」

パトリシアの隣に腰を下ろし、長い脚を組んでヒースが伸びをする。彼から微かに煙草の香りがした。

「それでも除名されないのは遠戚以上の理由があったから……でしょう？」

「そうだよ。いくらなんでもやりすぎだ。それでも追放されないのはあいつが領主にうまい金儲け話や情報を売り込んでいるからだろうな。んで？　次の仕事は何ですかい、嬢ちゃん」

「ヒースさん。そのお嬢ちゃんって呼び方ですけれど、止めて頂けます？」

ヒースとパトリシアが町外れにある湖水広場の休憩所で打ち合わせをしているのには、理由がある。

パトリシアの宿は打ち合わせをするには狭く、更に未婚の男女が密室で二人きりになるのもはばかられる。いつルドルフが来るか分からない傭兵ギルドの建物内で打ち合わせすることも出来ないため、こうして人通りの少ない湖畔の広場で話し合いをしていた。

ただ、宿暮らしも今日で終わる。ようやく借家への入居が決まり、今日の午後には引っ越しをすることが出来るのだ。

ヒースと出会ったあの日から、パトリシアは毎日のようにヒースとこの場所で打ち合わせをしている。

パトリシアは改めて先日の出来事を振り返る。

どうすればルドルフを追放出来るのか。どうすればレイド傭兵ギルドの収益が確保出来るのか。この二点をパトリシアは二人に告げた。

「わたくしは貴方達二人に、傭兵ギルドの名で仕事をして頂くという仕事を依頼します」

「仕事をするという仕事の依頼……ですか？」

何を言っているのか分からない様子のミシャに、パトリシアは微笑んだ。

「ええ。特にミシャ、貴方には沢山頑張って頂く必要があるわ」

不思議そうにパトリシアを見つめる少年に対し、パトリシアはゆっくりと頷いた。

「今の傭兵ギルドの収入源がルドルフにしかないのであれば、まずはそこから脱却しないといけません。彼の独占を防ぐべきです」

「それはそうですけど……今の傭兵ギルドには依頼がちっとも来なくて」

申し訳なさそうに話すミシャに対し、パトリシアは首を横に振った。

「それはきっと大丈夫です。ミシャ、貴方がいるのなら」

「僕……ですか？」

全く思いもよらなかったパトリシアの発言に、ミシャはすっかり混乱していた。

「ミシャは、この町の人とは顔見知り？」

「それはまあ……この町で生まれたので大体みんな知っていますけど」

「そこです。それが一番大事なところなの」

パトリシアは改めてミシャとヒースに仕事を依頼した。

町でどんなことでも構わないから仕事を見つけてきて欲しい、と。

仕事の内容は何でも構わない。荷物持ちでも皿洗いでも家の修理でも。とにかく何でも良い。

「報酬については、一応分かりやすいように時間でいくらという金額の一覧を記載しました。更に技術的な力が必要な場合は別途相談の上で決定することも書いた紙をお二人にお渡しします。依頼の内容を聞いたら、ここに書いてください」

パトリシアは時間を少しだけ貰い、作った書類を二人に渡した。

紙には空欄になっている依頼内容の記入欄がある。いつまでに仕事を行うか、所要時間の情報、そして最後に報酬額の欄があった。書類の一番下には依頼人と引き受けた者の署名する欄も用意してある。

「あの短時間で随分作り込んだな」

「こういった書類は後々もめ事の原因にもなりますから、どんな内容でも細かく決めておいた方がよろしいのです。それに……いざという時に役立つこともありますから」

「怖いねぇ……」

出会って数時間の間にパトリシアの性格を把握してきているらしいヒースは、うんざりした様子でパトリシアを眺めていた。

けれど、隣に掛けていたミシャが書類を見つめながら震えている。

「ミシャ？」

「ぼく……僕……嬉しいです！」

キラキラと瞳を輝かせながら、ミシャは叫んだ。

「ちゃんと傭兵のお仕事が出来る時が来るなんて……それも、町のみんなの役に立てる仕事になるなんて夢が叶います！　ありがとうございます、パトリシアさん！」

本当に嬉しそうに、少しだけ眦に涙を浮かべながらミシャが言うものだから。

パトリシアは茫然とミシャを見つめていたけれど。

少しずつ訪れてきた感動の波に、パトリシアも巻き込まれる感じがして。

「……こちらこそ……ありがとう」

パトリシアもまた、頬を染めてミシャに感謝した。

ルドルフの除名については、まずルドルフ自身の情報を収集するためヒースに調査をして貰っている。彼自身が持つ情報や町の住人からの情報、更にルドルフ単独で行動している金絡みの情報を集めて貰っていた。

「パトリシアさん！」

ヒースと話し合いをしていると、少し離れたところからミシャが大声で名を呼んでくる。

「ミシャ。お帰りなさい。どうでした？」

「みんなチラシを見て興味を持ってくれたみたい。明日トロワさんの代わりに買い物に行くのと、レーグさんの仕事を手伝うことになりました」

息を弾ませパトリシアに話してくるミシャの表情は明るい。

パトリシアはミシャにも仕事を頼んでいた。それは、『何でも仕事を請けます』といった広告の配布だった。パトリシアが草案を作成し、取り纏めた内容を町の活版印刷所にお願いして印刷した。その紙をミシャが知る町の人に配布してもらっていたのだ。

「早速仕事の依頼が来るなんて……ミシャの人徳ね」

町で生まれ育ったミシャだからこそ、ネピアの町の人に対しチラシを配っても受け取ってもらえるとパトリシアは考えていた。前世では広告チラシなどろくに見てもらえないことが当然だったが、配っているのが身内や知っている人であれば手に取ってくれる確率も高い。

三人で着席し、改めて情報を共有する。ルドルフの素行や今後の展開の予測、ミシャが依頼を請けたため、次は依頼を実行する時の対応手順などを改めて確認した。

「収入源の確保が最も難題だと思っていましたけれど、ミシャのお陰で目標は早く達成出来そうですね」

ミシャが頼まれたという依頼の内容を書きまとめていたパトリシアの一言に、ミシャはみるみる頬を赤く染め、口端が露骨に上を向いていた。まるで褒められた小型犬のような様子を眺めていたヒースは苦笑した。

たった数日でミシャを心から喜ばせることが出来ているのだと、パトリシアは理解しているのだろうか。きっと知らないだろう。ミシャは日頃から明るい表情を浮かべる少年だから、いつも通りの彼なのだと思っているだろう。

「……今日はこのぐらいかしら。お疲れ様でした」

ひと通り資料をまとめ終えたパトリシアが、二人に顔を向ける。今日は午後から引っ越しをしなければならない。ろくに荷物があるわけではないが、生活するために必要な道具を買いに行かなければならなかった。

必要な物のリストと新しい住まいとなる場所の地図を取り出しパトリシアは黙々と考える。まずは宿から荷物を引き払い、ついでに買い出しを……と計画していると。

「何を見ているんだ？」

上から見下ろす形でヒースが覗き込んでいた。

「……勝手に見ないでくださいな」

ジロリと見上げながら睨む。勝手に見られる行為は好きではない。パトリシアは手に持っていたリストを胸元に押さえたが、あの一瞬の間に見られていたらしくヒースは遠慮なく聞いてくる。

「今日が引っ越しなのか？」

「……ええ、そうです。ですので午後は慌ただしいの」

だから邪魔しないでほしい、という言葉を吐き出すよりも前に。

「そうなんですか？　じゃあ僕、お手伝いしますよ！」

ミシャの張り切った声が湖畔に響き、キラキラと揺らめく湖面がミシャをより輝かせて見せる。

パトリシアは改めて実感する。

良い子だなぁ……と。

「荷物はここに置きますか？」

「ええ」

荷物をミシャが持ちパトリシアに確認してくる。

「少ないねえ〜……ああ、だからこの後買い出しするってわけか」

「……そうですよ」

打ち合わせも終わり、パトリシアは新居に到着したのだが。

何故かヒースも一緒に新しい住まいの部屋に居る。

どうしてこうなったのか。

パトリシアが引っ越しをすると知るや否や、ミシャは嬉々として手伝いを名乗り出てくれた。一瞬断ろうかと思ったものの、買い出しをするのにも未だ町の何処に何の店があるか分からないパトリシアにしてみれば、ミシャの申し出はとても有り難いものだった。

お言葉に甘え、かつ依頼の延長ということで承諾をしたパトリシアは、ミシャと一緒に荷物を取りに宿へ行き、それから新居へと向かったのだが、どうしてかヒースまで付いてきたのだ。

「……ヒースさんは他にご用事とかないのですか？」

「んー？　生憎、暇な傭兵なんでね。ご存じでしょうが」

「ええ……存じ上げておりますわね」

「なら、聞かなくても分かるだろ？」

へらっとした笑い顔で返してくる言葉に、パトリシアの眉間に皺が寄る。

パトリシアはヒースの飄々とした態度が少し苦手だった。何を考えているのかよく分からず、まるでこちらの考えを掌握されているような雰囲気さえあるヒースに、パトリシア自身、中々信用が出来ないと思っている。

それに何より、彼は仕事に対して真剣ではなかった。パトリシアの依頼を請けたとはいうものの、ミシャに比べ明らかにやる気はない。だからといってサボるわけでも仕事を怠るわけでもなかった。定期的な打ち合わせに遅刻はしないし、持ってくる資料はパトリシアが思う以上に分かりやすい。成果だけを見れば、彼は十分に仕事をしているように見える。

しかし、熱意は決してない。少なくとも、パトリシアにはそう見える。

（よく分からない人……）

「パトリシアさん！　何を買いに行きますか？」

荷物を置いたミシャが声を掛けてきたことにより、我に返る。

「そうね……まずはカーテンと、あと……鍋とか寝具かしら」

いくつか挙げていけばミシャが暫く考え込む。

「寝具は織工ギルドの人が週に一度、七の市の時にやってくるからその時に注文すれば羊毛の気持ち良い寝具が手に入るんだけど、今のネピアにあるお店だと藁で作った寝具と毛布ぐらいしか手に入らないかなぁ」

「藁……」

「うん。だから出来れば市まで待っていた方がいいと思うけど、どうします？」

「そうね……」

まさか寝具から悩むことになるとは思わなかった。

「……とりあえずベッドはあるから、毛布を下に敷こうかしら」

七の市とはいわば曜日ごとの市のことであり、ユーグ帝国は七の日に分かれていた。一から始まり七まであり、七の日は前世で言う日曜日のような感覚に近い。今日は三の日。であれば市まであと四日待つことになる。流石に四日間固いベッドの床板のままで寝たくはないが、かといって藁で寝るのは貴族出のパトリシアとしては眠れる気がしない。

睡眠は人にとって重要であり、睡眠の質が生活を左右する。なら、ここは妥協するべきではないとパトリシアは判断した。

「七の市で改めて買います。ですので毛布を二枚買いたいわ。冬の備えとして買っておいても損はないでしょうし」

「そうですね。大きい荷物としてはそれだよなぁ。調理道具はすぐ近くに雑貨屋があるから最後でいいと思います。他に必要な物といったら……食材は早めに買わないと店が閉まっちゃいますね」

「それもそうね」

そう考えると、急いで買い出しに行かなければいけない。

「そんじゃあ俺が毛布買ってきておいてやるから、嬢ちゃんは近くの雑貨屋で鍋とか買ってきな。ミシャ、お前は食材を買ってこい。店が閉まっていてもお前なら多少融通が利くだろう？」

「そうですね、分かりました！」

パトリシアが考えるよりも前に、ヒースが指示を出してくる。こういう時の判断はパトリシアよりも早い。その点は有り難い。けれど、ヒースの自身への呼称が引っ掛かった。お嬢ちゃん呼びを止めて欲しいと忠告したパトリシアの意見を全く聞いていないからだ。

「……………このぐらいあれば足りますか？」

グッと言いたいことを飲み込んでパトリシアは二人にそれぞれお金を渡す。ヒースはミシャの分も含めて確認すると「問題なさそうだな」とだけ言って部屋を出て行った。後に続くようにミシャも「行ってきます！」と嬉しそうに部屋を出ていった。

急に一人きりとなった部屋で、パトリシアはほんの少し溜息を吐いた。

（ヒースさんには調子をくるわされる……）

前世でも今世でも出会ったことのないタイプの彼に対し、パトリシアはいまいち、どのように接するべきか分からなかった。

確実に子ども扱いしているくせに、パトリシアの意見はちゃんと尊重し、時には意見も言ってくる。仕事をする間柄であればやりやすいところもある。

（何を考えているのかしら）

端整な顔立ちではあると思うのに、無精ひげやだらしのない髪型で周囲からの印象を悪くさせているのは、ある種彼にとって人を寄せ付けないための武装なのかとも思った。

服装や身だしなみは人にとって武装と一緒だ。気を引き締めるべき相手であればスーツで赴くように、服装や髪型は大切なのだとパトリシアは知っている。服装や身だしなみで人を判断するべきではないが、判断材料の一つとして扱うには十分だ。それは貴族だった今世でも培ってきた知識だった。

ドレスを着回しする令嬢は家が豊かではないと思われてしまう。そんな世界で生きてきた。かといって常に新調していれば金遣いが荒くなるため、アレンジをしては違うドレスのように仕立てるのもマナーだったのだが。悲しいかなセインレイム家の母もパトリシア自身も新しいドレスを求める性格だった。だからこそ家が困窮していたわけなのだが。

買い出しを終えて一刻ほど経った後。新調した鍋やフライパンを台所にしまっていたパトリシアの背後で扉が開く音がした。やってきたのはヒースだった。大きな荷物を軽々と抱えて部屋に入ってくると、荷物の一つをパトリシアに渡してきた。柔らかな毛布の生地が頬を撫でた。

「ほらよ。少し値が張ったけど、これなら下に敷いても寝られるだろ？」

「ええ、ありがとうございます」

「寝室に入っても良ければ敷きますけど？　どうしますかい、お嬢様」

「……わたくしがしておきます」

なるほど。だから渡してきたのか。

パトリシアはそのまま大きな毛布を持って隣のベッド一つだけが納まった小さな寝室へと運んだ。ベッドに毛布を敷けば、確かに柔らかいため床板のまま寝るよりは身体の疲れも取れそうだ。部屋の前でもう一つの毛布もヒースから受け取り、それも掛けてみれば十分寝台らしくなった。どうやら睡眠にはありつけそうだ。

「ただいま帰りました！」

寝室の支度を終えたところでミシャが戻ってきた。随分と重そうな瓶を手に持っている。

「パトリシアさんが引っ越してきたって話をしたら、お酒を頂きましたよ。お祝いにどうぞって」

「まあ、ありがとう……」

ミシャから渡されたのはネピアで特産の一つとなっている林檎酒だ。ユーグ帝国では十六歳を成人としているため、お酒の類も成人の儀を済ませると飲めるようになる。

（そういえばこの身体でお酒って飲んだことがないわね……）

受け取った瓶を眺めながら考えていると、ヒースが近づき林檎酒を覗きこんでくる。

「美味そうだな。一杯やるか？」

「……ヒースさんが飲みたいだけでは？」

「バレたか」

ニヤニヤと笑うヒースの顔を思いきり睨みつけてから、パトリシアは瓶の蓋を開けた。

「そうですわね。せっかくの引っ越し祝いということで頂きましょう」

「お、いいねえ」

「ええ～いいなあ！」

それぞれの声を聞きながら、パトリシアは買ったばかりのカップを三つ取り出した。二つには林檎酒を。一つには買っておいた果実水を。せめてものおもてなしとして、パトリシアが持っていた軽食とつまみのナッツなどを用意はしたが、ミシャの顔は不満気なままだった。

「ミシャも成人したら林檎酒を贈るわね」

「も～約束ですよ！」

太陽のように明るい少年の珍しい不満顔に苦笑しつつ、パトリシアはカップを手に取った。

「今日はお手伝い頂きありがとうございました」

カツン、とぶつかり合うカップの音。

林檎酒は冷えてこそいないが、喉元にアルコールの苦みと林檎の甘みが同時に訪れた。

「はぁ……美味しい」

ほんのり表情を緩ませるパトリシアの姿にヒースが眉をあげる。

「嬢ちゃん、その若さで酒がいけるのか」

「ええ。勿論ですわ」

「とんだ酒豪だ」

笑うヒースを横目にパトリシアは更に林檎酒を口に含む。

疲れた後の一杯は良い。明子はお酒好きというわけではないものの、それでも仕事を終えた後の一杯……なんていうことが嫌いではなかった。仕事で根を詰めていた気持ちを解放させたことへの喜びの方が近いかもしれない。そして何より、仲間と仕事以外の事を語り合う時間が好きだった。

「いいよな～大人って。そうやってすぐお酒飲むんだから」

「ミシャもあと一年か二年だろ？　もうちょいで大人の仲間入りだ」

「そうだけどさぁ～」

普段は見られないミシャとヒースの様子を眺める。やはり、彼等の仲はとても良い。まるで年の離れた兄弟のように見える。

日中に見かける彼等とは違う二人の姿にパトリシアの頬も緩む。

「なんだ、へらへらして」

そんな顔を指摘され、パトリシアが据わった目で睨む。

「何ですかへらへらって」

「いや、実際そんな顔だったよ。な？　ミシャ」

「僕に同意を求めないでくださいよ～」

困った様子で泣きそうになりつつ否定するミシャを揶揄いながらゆっくりと時間を過ごしていく。

気が付けば日は傾きだしている。

「そろそろ家に帰らないと……って、あれ？　パトリシアさん？」

三人で小さなテーブルを囲んでいたが、ミシャはパトリシアがテーブルに伏せて眠っていることに気が付いた。

「あ～あ……とんだ酒豪かと思えば。流石に疲れが溜まってたのかねぇ」

日頃堅苦しいほどに固くしっかりとしたパトリシアのうたた寝姿にヒースは少し笑っているが、ミシャは困った様子でパトリシアを見ている。

「どうします？　起こしてあげた方がいいのかな……」

ミシャの問いに答えず、ヒースは立ち上がるとパトリシアの横に立ち、俯せで眠る彼女の身体を軽く抱き上げた。

「せっかく寝具も新調したんだから、そこに寝かせるよ」

軽々とパトリシアを横抱きしたヒースは、先ほど整えていた寝室の寝台にパトリシアを寝かす。

寝顔は年相応の女性に見えるためか、いつもよりも幼く感じるな、と苦笑しながらヒースは彼女に毛布を掛けた。

流石に淑女の眠る家に少年と自身が長居するべきではないだろう。

「さて、帰るかねえ」

「家の鍵はどうしますか？」

「合鍵があるだろうからミシャ、お前ここを出たら持っててくれ。明日嬢ちゃんに渡せばいいだろう？」

「それもそうですけど……」

ヒースは部屋に合鍵がないかを探す。ふと周囲を見渡せば、少し古びた小さなぬいぐるみがちょこんと並んでいるのを見かける。彼女の普段の性格からは意外だが、どうやらぬいぐるみが好きらしいということが分かる。そんな少女らしい趣味に小さく苦笑しつつ、棚に向かう。

引っ越しの手伝いでいくらか荷物の場所は把握しているため、見当のつく場所を確認してみれば正解で、二本の鍵が引き出しに入っていた。

「あったあった……………ん？」

鍵と一緒に入っていた一枚の紙を取り出す。私物を取り出す行為は決して良くないことだが、何の罪悪も感じない様子でヒースは大切に保管されていたであろう紙を確認し。

「……なるほどねぇ」

納得したように独り呟いてその紙を元の位置に戻した。

それは、パトリシアがアルトから渡された推薦状だった。

「……ほら、ミシャ」

一本の鍵を投げ渡せば、器用にミシャは受け取った。

「出よう」

「あ、はい」

テーブルの上を片付け終えると、パトリシアの新居を出て、鍵を掛けると二人で家を後にする。

ミシャの後ろで一度、ヒースが振り返る。陽も落ち夜空に星が煌めきだす。今頃パトリシアは、夢の世界で過ごしているのだろうか。

「…………」

懐から煙草を取り出し口に咥える。

ネピアの夜は冷え込みやすい。僅かに身震いをしながら、それでも器用に火を灯し。

煙草の香りを残しながらその場を後にした。

◆三章◆目標を設定しましょうか？

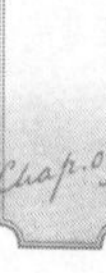

『それでは本日の定例会議を始めます』

着席した役員並びに部課長達へ資料を配る。司会進行、資料を作成したのは言わずもがな、小林明子だ。

『今日の題目ですが、営業部から新規開拓ルートに関するご報告、開発部より新システムの概要ご説明、総務部からはコスト削減に関するご案内です』

予め準備していたレジュメ通りに事を進める。営業部の話になれば、事前に営業部の担当とリハーサルをしておいたお陰でスケジュール管理も質疑応答も問題なかった。

次に開発部の話では、実際のシステムをデモンストレーションしながらかいつまんで説明を行う。開発費の話になれば、別紙で用意しておいた資料を配布する。

総務部の話では明子自身が直接説明を行う。コスト削減に向けた具体案。ペーパーレスに向けての数値目標。時間外労働削減のための簡易システム導入の説明までを所定時間内に収め、そして定例会議は時刻通りに終了。

席を離れる役員や部課長の社員が出ていく中、出していた茶器を片付けていると、社長が明子に声をかける。『いつも完璧なミーティングをありがとう』と。

それに対し、明子は微笑む。

『来週もよろしくお願いします』と。


パトリシアは情報収集が好きだった。

前世での仕事は多岐に亘ったが、特に情報を集めた上でプレゼンや提案をする機会が多かった。

それは果たして間接部門の仕事なのかと言われるような業務まで探し出しては提案し、その都度社内で改善がなされた。

別に命令されてやっていたわけではなく、明子自身が気になって始めていたことがほとんどだった。

「こうすればもっと良くなるのでは？」「こうしたらもっと時間が短縮出来るのでは」と考えては情報を収集し、疑問が正しいと判ればその改善を職場に提案するようなことをしてきた。そんな提案から実行までをひたすらに進めていた結果、『鉄の主任』と称されるようになったのだ。

情報収集が好きなのは、記憶を思い出した今も同じだった。

ヒース達に依頼した仕事内容は、自身をレイド傭兵ギルドの事務員にすること。

その障害となるルドルフの追放に必要な情報を集め出した。

ルドルフという人間の身辺調査、過去の業務記録、横領や賄賂といった罪状の証拠集め。

まずはどんな相手なのか、しっかりと知らなければならない。

それと同時に行ったことはレイド傭兵ギルドの売り上げ確保。現状のレイド傭兵ギルドの長所を活かし、少しでも利益を上げなければならない。

それには情報が必要だが、パトリシアはヒースとミシャからレイド傭兵ギルドの現状について説明をしてもらった。ヒースとミシャの得意なこと、苦手なこと、交友関係という名の取引先。それから報酬の条件や相場価格の調査。赤字にはさせず、けれど相手が断らない具合の価格を決める。

情報は仕事を行う上で何よりも大切だ。情報共有、コミュニケーション、報告連絡相談。一つでも怠れば、どれほど優秀な人材であっても瞬く間に信用を失うことを前世の経験から知っている。

レイド傭兵ギルドの事務員になるために、情報は必要不可欠なのだ。

「はい、トロワさん。ここでいい？」

「ありがとうミシャ。助かったわ」

翌日の朝。依頼されていた大荷物を玄関口に置いたミシャに対し、深く感謝を述べる老女が一人。ミシャは今、この老女の依頼で買い物の代行をしていた。

昨日パトリシアから説明をしっかり聞いていたお陰か、やり取りはスムーズに出来た。

「本当に助かったよ。またお願いしてもいいかしら？」

「勿論です！」

お駄賃のように数枚取り出した報酬の金貨を両手で受け取り、金額を確認して懐にしまった。それから依頼書をトロワに渡し、署名してもらう。

ミシャは大切そうに依頼書を肩掛けの鞄にしまった。これで二件目の仕事が終わった。

全ての仕事を終えたので、急いでパトリシアに報告に行かなければ。ミシャは駆け出した。

「おはようございまーす、パトリシアさ……」

部屋を訪れてみれば、深々とミシャに頭を下げているパトリシアの姿があった。

「パトリシアさん？」

「本当に……申し訳ございませんでした」

ありえないぐらい深々と謝罪するパトリシアの顔は赤かった。

（なんという失態……いくら疲れていたからって……いくらお酒を飲む機会がほとんど無かったからといって……！）

まさか客人を放って寝てしまうと思わなかった。前世で四十年近く生きてきた経験を持つパトリシアは、己の醜態に羞恥心で一杯だった。

「そんな、謝らないでください。僕や母も疲れている時はご飯を食べながら寝ちゃうことだってあるんですよ」

（ああ……慰めてさえくれるなんて……！）

パトリシアは更に申し訳なさに拍車がかかった。

確かに最近夜更かしして依頼書の考案や資料まとめをしたりしていたが、お酒を飲んだからといってうたた寝をするなんてありえないと思っていた。自身を過信していたせいだ。前世は過去であり、今はパトリシアという別の人間だというのに、まるで以前のようにお酒に強いと思い込んでしまった。

「あ……えっと～……そう！　パトリシアさん、僕仕事をちゃんとしてきたんですよ！　ほら、見てください。作ってくれた依頼書とっても役に立ちました！」

どうにか空気を変えようとミシャが懐にしまっていた依頼書を取り出しパトリシアに見せた。顔を未だ赤く染めていたパトリシアも、渡された依頼書を手に取り内容を確認した。しっかりと署名された依頼書を見れば彼女は安堵の表情を浮かべた。

「すごいわ。しっかり出来ているわね」

「買い物の代行と、もう一つは野菜の収穫だったから、いつもよりうんと早起きして行ってきました！　あと、買い物ついでにチラシを配ってきたら、仕事をお願いしたいって人がいましたよ」

「え、もう？」

　まさかこんなに早く仕事を貰ってくるとは。

「昨日請けた仕事は全部終わったから、今日貰った仕事もこの後行ってこようかなって。パン屋のマジロさんから夕方に手伝ってほしいって言われたんです。ただ、依頼書の細かい書き方はまだ分からないから……」

「ええ。今作るから待っててね……ミシャってば本当に優秀なのね」

　嬉しそうに報告してきたものだから、パトリシアも嬉しくなった。

　ミシャは老女から受け取った報酬と、野菜の収穫手伝いで受け取った報酬をパトリシアに渡した。

　パトリシアは報酬を袋にまとめてしまうと、一部をミシャへと渡す。それから複写した依頼書を取り出し、ミシャから仕事の内容を聞き出す。そして書きながら、こういう風に書くのだと説明をする。ミシャが覚えてくれれば、パトリシアが不在だったり、外で急な依頼があったりした時、仕事を請けることが出来るからだ。慣れない間はパトリシアが記入するところを何度となく見せて説明していく必要がある。パトリシアは丁寧に説明をしながら、一枚の依頼書を完成させミシャに渡した。

「もし時間があったら、こちらの仕事もお願い。今朝、チラシを見て依頼しに来てくれた方がいたの。いつでも良いからって仰ってたから午後か、明日行くとお伝えしているわ。もう一つの依頼は家の修理だからヒースさんにお願いしようと思っているの」

「分かりました！　夕方の手伝いまで時間があるからこの後行ってきます。すごいや、今日だけで四つも依頼を請けるんですね！」

「ええ、よろしくね」

行ってきます！　と元気な声をあげて出ていくミシャに手を振りながら、パトリシアは一人残された部屋で受け取った報酬の入った袋を奥まった場所にしまった。

ミシャから渡された依頼書も丁寧に綴る。

紐を通し終えたところで、自宅の扉をノックする音がした。

恐らくヒースだろう。

パトリシアが相手を確認するため声を掛ければ、案の定ヒースだった。玄関扉を開ければ、「調子はどうですか？　お嬢ちゃん」と意地悪く笑うヒースが立っていた。

「…………昨日は申し訳ございませんでした」

ヒースに対しては、ミシャの時に感じた恥よりも、情けない面を晒してしまったことへの悔しさが勝っていた。彼にはどうしてか弱い面を見せたくなかったのだ。

「二日酔いにはなってないか？」

「ええ、飲んだのは少しでしたし……ミシャからは疲れていたのだろうと言われました」

「だろうねえ。ああ、ミシャはいないのか」

部屋に上がろうとしたヒースの足が止まる。

「ええ。朝にもう仕事を終わらせてくれて。今、新しい依頼元に行かれました」

部屋に上がるかと思ったが、ヒースは上がらず扉の前に立ったままだった。

どうしたのかと思ったが、すぐに察した。成人した男女が二人きりということを思い出したのだ。女性と男性が密室で話す場合、疚(やま)しいことが無いことを示すため礼儀(れいぎ)で扉を開けておくというものがある。パトリシアはほんの僅(わず)かに頬(ほお)を染めて咳払(せきばら)いをし、気を取り直した。

「ヒースさんにお願いしたい依頼があります。こちらなのですが」

さっきミシャに伝えた家の修理依頼を見せる。ヒースは眉間(みけん)に皺(しわ)を寄せつつ、依頼書を眺(なが)める。

「……この金額じゃあ少し安いな。もう少し値を上げた方がいいと思うぜ」

「そう、かしら」

「そりゃそうだ。こっちには工具も無いし、修繕(しゅうぜん)用の木材は別払(ばら)いって書いたか？」

しまった。

依頼書を確認してみれば、あくまで労働力のみの計算しかしておらず、必要な材料や道具に掛かる費用を含めていないし、そもそも取り決めをしていなかった。

「ま～大方足元見られたんだろうな。いいよ。値段交渉も含めて俺が行ってくる。俺じゃ直せないようなら他に声かけてみるよ」

「…………恐れ入ります」

「いいやぁ？」

依頼書を指で挟むとヒースはさっさとパトリシアの家から離れて行った。会話を終えたパトリシアは黙ってヒースの背中を見送っていたが、見えなくなると溜息を吐いた。

（やはりよく分からない人）

やる気が無いように見えて、今のように的確に物事を判断する洞察力と経験値がある。面倒そうな素振りはするものの、パトリシアの渡した依頼も断らない。

やる気があるのか無いのか。何を考えているのかもよく分からない。

あのような大人の男性に、パトリシアは出会ったことが無かった。だからこそ警戒してしまうのだが。

（……悪い人では、ないのでしょうね）

無精ひげに弛んだ髪。それでも紳士たる礼節を重んじてパトリシアの家に上がり込むこともなく、酒に酔ってうたた寝していたパトリシアを揶揄いはするが心配もしてくれた。お酒を飲んで酔った後はふわふわと夢見心地で、そうして気が付けば新調した毛布の中に包まれていたのだ。

ミシャが運べるはずもないし、パトリシア自身で歩いた記憶もない。

だからきっと、ヒースが運んでくれたのだろう。

「お礼……言いそびれてしまったわ」

見送る先に、何とも言えない感情にどうすればよいのか分かるはずもなく。パトリシアは久し振りに現れた素直になれない自分の気持ちに、ヒースはもういない。

僅かに赤らんで熱が冷めない頬を両手で押さえるしかなかった。


三人でレイド傭兵ギルドとして活動を始めて十日ほど経った。

依頼される仕事の内容は買い物の代行だったり店や仕事の些細な手伝いだったり様々だった。小さな仕事であったとしても、こうして実績が積まれていくのを目の当たりにすることは、パトリシア達のやる気に繋がる。

依頼内容を依頼書に記し、細かく数字や文字で書き出していくのは日課となった。数や内容も煩雑化してきたため、取り纏めている内に時間は過ぎていく。

ふと、扉を叩く音がしたため顔を上げ扉の前に向かう。玄関の戸を叩く音だけで訪問者が来たのが分かってしまう。

「ヒースさん。お仕事終わりましたの？」

「……終わったよ、嬢ちゃんの言うとおりにな」

咥え煙草のまま手元から報酬の入った袋と紙を渡してくるヒースの顔は暗かった。

「どうやらお疲れのようですね。お茶でも飲んでいきます？」

「遠慮したいところだけど、そーさせてもらうわ……この年で子守りとかしんどすぎてダメだ……」

ぐったりした様子で入室する男が本日行った仕事は、町に住む母達の代わりの子守り業だった。遊び回る子ども達の相手をするという体力勝負な仕事だった。ミシャに頼もうと思った子守りの仕事をヒースに押し付けたのには理由がある。ミシャがあまりに多忙すぎるからだ。ミシャは、パトリシアの予想を遥かに超えて依頼を請けてくるのだ。

活動を始め、チラシを配りだしてから徐々に依頼は増えてきた。

初めこそ、ミシャのことを応援する気持ちで仕事を依頼したであろう人も、今では役に立つと声を掛けてくれるようになっていた。

報酬はほんの僅かな額ではあるものの、着実に増加しているのはパトリシアのまとめている収支書からも分かっている。

それでも、ルドルフが手にしている報酬額とはまだまだ雲泥の差ではあるが。

改めてまとめていた書類を見直しながらパトリシアは顔を上げた。

「お得意様も増えてきましたし、そろそろルートを決めた方が良さそうね」

パトリシアはミシャが持ってきた依頼書を眺めながら声を漏(も)らした。

「ルート？」

既(すで)に定位置として定着しつつある斜(なな)め向かいの席で剣鉈(けんなた)を研(と)ぎだしたヒースが聞いてきた。彼が大量に剣鉈を研いでいるのは、剣具工房(こうぼう)から依頼された仕事だった。力仕事でありながら技術も必要であるため剣の扱(あつか)いに慣れているヒースに渡した依頼を、拠点(きょてん)となりつつあるパトリシアの部屋の広間で行っている。

最近はずっとパトリシアの部屋でヒースと共に仕事を進めていた。最初は二人きりで部屋に居ることは避(さ)けていたのだが、仕事の量が増えていくとそう考えてもいられなくなった。結果、今では二人きりであろうと気にせず作業をするまでに至っていた。

「ミシャの朝仕事である買い物代行の数が増えてきたでしょう？　それだけ荷物も増えるし往復で受け持つには時間も体力も必要になるから、仕事に順番を付けさせてもらうの。例えばこの人とこの人だと三日に一度の依頼です。だから、この人達は次は一の日に買い物を行う。それからこの人達は五日に一度だから被(かぶ)らないように四の日にするとか」

「なるほどね。バラバラに依頼されるよりも効率がいい。だとしたら、こいつとこいつは同じ日がいいぞ。家が近いし頼む物も似通っているだろう」

依頼書をいくつか物色して組み合わせを整えてくれる。ミシャほどではないものの、ヒースもまた長く町に住んでいるからこそ出来ることだった。パトリシアは素直に頷いて別の書き物に内容を転記する。

「同時に行うと荷物が多くなりすぎてミシャに負担が掛かるから、荷物が多いと分かっている日にはロバを借りたいのだけれども」

「いいと思うが……支払いは出来るのか？」

「そこは報酬から差し引きます。それでも十分収益はありますわ」

ある程度固定した収入額も見えてきた。役所でも見かけたが、この町にはパトリシアが思っていた以上に求人があった。だからこそ人手不足であることがよく分かっていた。

「ミシャはある程度仕事が固定してきているけれど……貴方は色々な仕事をしているのね」

「すみませんねぇ、お得意さんがいなくて」

ミシャと違い生まれ育ちがネピアでは無いらしいヒースは、町の人と顔見知りではあるものの、懇意な関係ではなかった。それどころか、評判が悪いレイド傭兵ギルドの一人であることによって、ヒースの印象は良くなかった。それでも、今はミシャと共に町で仕事をしていく中で少しずつ見られ方が変わってきているらしい。

「ヒースさんは今まで何をしていらしたの？」

「んー？　色々だよ。今と同じで狩りの手伝いとか商人の護衛とか」

一向にやる気が無さそうなヒースという男は、パトリシアから見ても相変わらず食えない男だった。

本心を全く見せず飄々とした生き方をしてみせる。それでいて深刻な場面で見せる緊迫感は、誰よりも強かった。

味方でいる限りは頼りになる男性だと、パトリシアは内心考えている。

「ただいま戻りました！」

「おかえりなさい」

元気な声と共にミシャが戸口から入ってくる。汗を微かに流したままの彼は、どうやら走って帰ってきたらしい。手には何かが入った麻袋を持っていた。

「どうしたの？　それは」

「ステイラさんから貰ったんです。今日収穫を手伝ったお礼にって」

今日ミシャに届いた依頼は、野菜収穫の手伝いだった。早朝から長時間かけて野菜を収穫していたらしいミシャの頬や服は土で汚れたままだった。

麻袋からいくつかの根野菜を取り出し見せてくれる。どれも収穫したばかりで生き生きとした輝きを見せている。

「パトリシアさんに渡したくて急いで帰ってきたんだ」

「わたくしに？」

「うん。パトリシアさんなら喜んでくれるかな〜って」

土で汚れたままの野菜を見せてくれるミシャの手から、パトリシアは野菜を受け取った。白い手が土で汚れるのも気にせず、パトリシアは野菜を眺めた。

「嬉しいわ……どうもありがとう」

受け取った野菜も、パトリシアを見つめるミシャの太陽のように輝く瞳も、伯爵家にいた頃には当たり前のように手に入れていた宝石以上に輝いて見えてパトリシアは心から喜びを感じた。

「パトリシアさん、そろそろご飯の時間だしご飯作ってきますか？　僕で良ければ代わりに書類はまとめておきますよ！」

「え？　ええ…………」

ミシャの提案にパトリシアは言葉を濁しながら頷いた。困った様子を見せるパトリシアを不思議そうに見ていた二人に向けて、「そうさせてもらうわ」と告げて台所に向かった。

少し様子が変わっていたことにヒースとミシャは目を合わせるも、まぁいいかとそれぞれ仕事を始める。

ミシャは両親から教わって文字の読み書きや計算が得意だったため、パトリシアの仕事も少しであれば手伝うことが出来る。依頼書もすっかり一人で書けるようになった。ついでとばかりに、ヒースは先ほどパトリシアと話していたルートで仕事を回ることについてミシャに話を始める。ロバを借りるにはいくらぐらいだったか、何処からルートを回ると良いか暫く話していると、台所から凄まじい物音がした。

二人は会話を止め、台所の方角を見つめた。


「うーわ、壊滅的だな……」

「パトリシアさんって何でも出来るように見えたけど……料理は僕の方が上手かも」

「…………」

何も言えないまま、パトリシアは蹲りながら落としてしまった野菜を拾い上げていた。台所に置かれた机にはボコボコに切り刻まれた根野菜が無残な姿で転がっていた。ナイフは勢いが余ったのか机から落ちてしまったらしく見事に床に刺さっていた。

「……料理だけは今までやってきたことがありませんでして……今でも慣れませんの」

「そんじゃあ、今まで何を食べてきたんだ？」

「サラダとパンを……野菜はトマトとか……」

「うわぁ……」

それはどちらの声だったのか。引かれたことは確実だった。

ヒースが部屋の中を見渡すと、なるほど確かにパンが置かれていた。それ以外の調理器具はほとんど買った当時のままで、調理場も使われている様子が無い。否、あるにはあるが失敗したらしい形跡を残したままになっている。例えば焦げたレードルとか。

「ったく。せっかく貰った野菜がボロボロじゃねえか。ほらっ」

座り込んでいたパトリシアを強引に引っ張り上げたヒースは、床に刺さったままだったナイフを抜き取り水で洗うと、無残な姿の野菜を綺麗に切り始めた。

残っていた皮の部分を剥いて一口サイズに切り分ける。それから素早い手付きで水洗いしてから鍋に入れる。目分量のまま鍋に水を入れ、竈の火を難なくつけた。

「味付けに使えるものは何かあるか？」

「え？　ええ、塩と干し魚ならあるわ」

パトリシアは思い出したように塩と干し魚を取り出してヒースに渡した。

ヒースは器用に味付けをしながら、先ほど貰った他の野菜をスライスしてサラダを作り出した。

「すごいわ。ヒースさんは器用なのね」

「一人で暮らしていりゃあ嫌でも慣れるよ。嬢ちゃんもいつかは上手くなるって」

「下手な慰めは結構です」

パトリシア自身、自分に調理の才能が無いことは一人で暮らし始めてから重々理解していた。今まで家庭教師から器用だと言われていたけれど、料理に関しては違うらしい。

結局、最後までヒースが作ることになった料理を、三人で食卓を囲んで食べることにした。

野菜が沢山入ったスープとパンという食事は、採れたての野菜ということもあり、とても美味しかった。

マナーが染みついた丁寧な手付きでスープを飲んでいたパトリシアに向けて、思い出したようにヒースが声を掛ける。

「忘れてた。一件依頼を請けてたんだ。食後でいいんで依頼書を頼めるか？」

「勿論です。どのようなお仕事ですの？」

ヒースは頬張っていたパンをごくんと飲み下すと口を開いた。

「湯治場の清掃だよ」

「湯治場ですって⁉」

日頃行儀が良いパトリシアの大声に、ミシャとヒースの手元からパンがぽろりとテーブルに落ちた。自身の態度に気付いたパトリシアはハッとして大人しく着席し、「失礼いたしました」と声を抑えた。僅かに顔が赤い。

「実はネピアに来てからずっと温泉……湯治場を探していたのですが、どうしても見つからなかったのです。ですのでとても興味があって」

「そうなんだ」

ミシャが納得した様子で落ちたパンを拾い、スープに浸けてから口に含む。暫く考えてからヒースに顔を向ける。

「湯治場ってガンドさんのところですよね」

「そうそう。ガンドの爺さんが腰を痛めてから、掃除が出来てないんだとよ。そろそろ利用したい奴もいるから、開くために掃除してほしいって」

「僕も仕事が終わったら手伝いますよ」

「お前は仕事を抱えまくってるんだから、無理すんな。人気者」

隣に座るミシャをヒースが軽く小突く。小突かれたミシャは困ったように頭をさする。

本人はやる気が漲っているが、ヒースは彼が働きすぎであることを心配しているのだとパトリシアにも分かった。パトリシア自身も思っていたことだからこそ、尚更だ。近頃のミシャはやる気に満ち溢れており、日に日に依頼件数が増えている。だからこそパトリシアもロバを導入しようとしたり、少しでもミシャの負担にならないよう対策を練っているのだが。

「……ヒースさん。よろしければ湯治場のお掃除、わたくしも手伝ってよろしいでしょうか？」

「あんたが？」

「ええ。ご迷惑じゃなければ……ですが」

少しばかり遠慮気味に、けれど何処か高揚した面持ちでパトリシアが言ってくるものだから、ヒースは思わずといった様子でパトリシアを眺めた。

「いいのかい？　体力仕事だけど」

「はい。もし伺ってご迷惑になるようであればすぐに作業を止めますので……」

そこまでして湯治場に行きたいのかと問われたら、答えははいである。ネピアで暮らし始めてから温泉地や源泉地を探してみたものの見つからなかったのだ。この機会に場所を確かめたいと思った。

「まあ……別に構わねえけど」

「ありがとうございます」

僅かに表情を綻ばせる。

そうと決まれば急いで食事を食べ始めた。期待に胸弾ませるパトリシアの姿を、ヒースがじっと眺めているとは、露ほども気が付かずに。

ネピアの町はさして大きくない。だが、目の前に広がるネピア湖の広大さを目の当たりにすれば、町の規模など記憶が薄れてしまうほどだった。

湖ではあるが魚も獲れるため、漁業が盛んである。ネピアには比較的大きな漁業ギルドが存在する。漁業ギルドは加盟者の取り扱う養殖餌の提供や船の販売、獲った魚の流通を担うため、ネピアで漁業をするには、まずギルドに加盟しないといけない。

ネピアの産業は漁業と染物や織物を主としている。外部との流通には商人ギルドの組織が定期的に訪れる。鮮魚を流通させることは厳しいので、魚を干物などに加工して売り出している。湖の水が綺麗で染物をしやすい環境でもある。

「ここだよ」

ヒースに案内された場所は、湖のほとりにある小さな建物だった。小汚くこぢんまりとした建物の方に進んで行けば、建物付近から馴染みのある匂いを感じ取る。

(硫黄の匂いだわ)

そこまで強く匂うわけではないが、建物周辺を満たす硫黄の香りにパトリシアの期待が膨らんでいく。

「ガンド。いるか?」

建物の扉前で声を掛ければ、扉がゆっくりと開く。すると中から湯気が漏れてきた。

「おお、ヒースか。よく来たな」

屋内から出てきたのは、小柄な老人だった。しわがれた声で湯気により白くなった眼鏡をかけたその老人は、建物から出てくるとヒースの肩を叩いた。

「腰は大丈夫か? 無理すんなよ」

「昨日よりは歩けるようになったが、本調子になるのはまだ先じゃな……」

痛そうに屈め腰に手をあてるガンドの背中を支えつつ、ヒースは建物の中に入る。続いてパトリシアが中へ入る。

中は湿気と、そしてカビの臭いが充満していた。カビ臭さに思わず眉を顰める。

「あーあ……換気を怠ったな」

「腰をやって三日ほど放っておいたらこれじゃよ。まあ、掃除も手を抜いてたから仕方ないがな」

建物の中は、窓辺から差す光によってよく見えた。岩の塊の中からチョロチョロと温泉が湧き出ている。源泉のため随分熱そうで、火傷しないよう木枠で囲ってある。湧き出たお湯はそのまま下に流れ、敷き詰められた岩の上に溜まり、湯船になっている。しかし深さはなく、足を浸ける程度しか湯がないことにパトリシアは首を傾げる。洗い場はさして広さもなく、天井には僅かに湿気を抜くための窓が開いているが、今にも壊れそうだった。

「あの……こちらが湯治場ですの？」

いわゆる温泉というよりも、どちらかといえば足湯のようなそれにパトリシアが問えば、ガンドが口を大きく開けて答える。

「そうだよ。つっても今じゃあ漁師の奴らの休憩所みたいな扱いだがね。早朝の漁で身体を冷やした奴らが温まるために開放してるんだよ」

「漁師……。で、では……その、女性用の湯治場というのは？」

パトリシアの問いに、ヒースとガンドは呆気にとられた表情でパトリシアを見る。

「何を言っておる。女性が湯治場に来るわけがないだろう」

「素足を晒すわけだし、入れてもせいぜい子どもじゃないか？」

「女性用が……ない……」

目の前の男二人には分からないだろう。無表情のパトリシアが、どれほど衝撃を受け、絶望しているかなど。

しかし、我に返り現世での暮らしを考えれば、彼らの言うことも当然なのだ。

ユーグ帝国では女性はむやみに素肌を露出させるものではないとされているのだから、たとえこの湯治場に女性が入れたとしても、密室で素足を晒したり肌を露出させるような入り方をするはずがない。それはパトリシアとて分かっていた。

だからせめて、女性専用の湯治場はないのかと……期待をしたのだが。

（なんて勿体ないの……！）

パトリシアは落ち込みながらも、誓う。

いつか、傭兵ギルドが落ち着いて軌道に乗った日には、パトリシア自身が企画して温泉を起ち上げると。その際には女性専用のスパにして、美容効果と疲労回復を謳って盛り上げるのだ。それは商売のためというよりも、自身が温泉に入るための野望としてパトリシアを燃え上がらせた。

「おい、嬢ちゃん。大丈夫かい？」

俯いてそんなことを真剣に考えていたせいだろう、ヒースからの呼び声にパトリシアは顔を上げる。

「失礼いたしました。大丈夫ですわ」

「よろしく頼むよ。俺は邪魔になるから別のところで休んでるぞ」

「はいよ」

ガンドは二人に掃除道具を渡すと、手で腰を支えながら出て行った。

「そんじゃあ、俺は中を掃除するから嬢ちゃんは建物の外の掃除を頼むな」

「かしこまりました」

ガンドから渡された掃除道具とパトリシア自身が持ち運んできた清掃道具を持ってパトリシアは外に出る。

パトリシアは三つ編みをお団子状に丸めて、袖を捲って腕を出す。埃を防ぐために鼻から口元を覆う布をつける。最後には手先を怪我しないよう、傭兵ギルドに置いてあった革手袋を嵌めて掃除を開始する。

まずは不要な物の断捨離から。割れた木桶、薄汚れ破れ捨てられた布地といったごみをまとめて麻袋に放り込む。使えそうな物、もしくは修理すればまだ使えるであろう物は、別に分けておく。あらかた物が片付いたところで掃き掃除。少し掃いただけで埃が舞うため、パトリシアは思わず顔をそむける。掃き掃除は高いところから。次に狭い箇所の埃を叩き、最後に落ちた埃をまとめていく。水拭きまで行えば時間も掛かるし、そこまでの費用は貰っていない。パトリシアに出来るのはここまでだろう。

綺麗になった建物周りに満足していると、中からヒースが出てきた。彼も袖を捲り、いつもより髪をきつめに束ねている。それだけで印象が随分と変わって見えた。湯気で身体が濡れている。

「はぁ……あっち。そっちは終わりか？」

「ええ。あとは物を元の位置に戻すだけですね」

「嬢ちゃんは相変わらず仕事が速いねぇ」

笑うヒースから雫が滴り落ちる。どこか雰囲気の異なるヒースの様子にパトリシアは視線を逸らした。

「そちらもお手伝いしましょうか？」

「いや。大丈夫だよ。こっちもほとんど終わってる。あとは新しい布を買ってくるから、ちょっと外すな」

脱いでいたらしい靴を履き直すと、ヒースは来た道を戻っていく。どうやら近くまで布を買いにいくようだ。

パトリシアは建物の中を覗く。チョロチョロと流れる源泉の音が、耳に心地よく響く。湿気を抜くための窓も全開にしてあり、先ほどまであったカビ臭さは軽減していた。見てみれば湯船も洗ったらしい。お湯が入れ直されているらしく、先ほどよりも湯の量は少ないが、足首までは浸かる程度に湯が溜まってきている。これならば恐らく営業出来るだろう。

パトリシアは、しゃがみ込んで湯に手を入れた。少し熱めではあるが、入れない熱さではない。指先をじわりと温めていく感覚は、今世では体感したことのない気持ち良さだった。

「…………」

誰もいない建物。目の前にはパトリシアが探し求めていた温泉。

今、パトリシアは「理性」と「欲望」の狭間で葛藤している。そして結果、「欲望」が勝利した。

恐らくヒースが戻ってくるにはもう少し時間が掛かるはずだ。その間なら問題ないはずと、自分自身に言い訳を告げて、パトリシアは湯船の縁に腰掛け素足になった。

足の指を湯に浸せば、熱さに肌が驚くもゆっくりとほどけていく。足首まで浸けると、肌に馴染む湯の温もりがパトリシアを優しく包んだ。

「……はぁ……」

うっとりとした声色が漏れる。

薄暗い建物の中に差し込む窓からの光を見上げながらぼんやりする。足元を温めているだけで全身が温まっていく感覚がある。

（これで景色が良ければ最高のロケーションなのに）

湖を眺めながら温泉に入れるような施設が出来れば、ネピアの新しい産業にもなりそうだし、何よりパトリシアがそれを熱望している。温泉施設が欲しい。切実に欲しい。

（そのためには、まず源泉を掘り起こさないといけない。ここは運よく湧き出ていたから湯船が出来たけれど、他にも探せばあるのかしら）

パトリシアが覚えている家庭教師からの教えでは、ネピアより少し離れたところにセルシオ山がそびえている。活火山だったらしく、かつて噴火した記録もあった。だが何百年も前ということもあり、伝説のように記されていた。

「この温泉も火山から来るものでしょうね」

手の指先まで温まってきたところで、そろそろかと足を上げると、丁度足首あたりまでの肌が赤く色づいていた。

スカートのポケットにしまっていたハンカチを取り出し、足を拭おうとしたところで……扉の開く音がした。

「嬢ちゃん、いるか？」

パトリシアの動きが止まり、扉が開いた先のヒースを見上げる。

驚きよりもまず思考が止まってしまったため、返事をすることも出来なかった。

固まったパトリシアを見下ろすヒースの表情もまた、固まっていた。

「…………悪い」

ヒースは動揺を見せず、開いた扉をゆっくりと閉めた。とてもゆっくり、建てつけの悪い扉を優しく閉じたのだ。

パトリシアは閉じた扉の先を見つめたまま、身体を震わせた。

そして硬直していた身体が動いた瞬間、己の両手で顔を覆い蹲った。

(わたくしの馬鹿…………！)

恥ずかしさで顔から火を噴きそうだった。耳まで赤くして蹲った。

それこそ、湯に浸かり赤く染まった足よりも赤く赤く。

パトリシアは頬を、顔を、耳を染めたのだった。


「本当に……はしたない姿をお見せして申し訳ございませんでした……」

か細く声を落としながら靴を履き終えたパトリシアが出てきた時、ヒースは建物に寄りかかりながら一服していた。

煙草の煙を揺らめかせながらパトリシアの様子を見ていたヒースは、俯いてこちらを見ていないパトリシアに対しほんの少しだけ頬を緩ませたが、すぐに元に戻した。

「いえいえ。こちらも不躾に入ったのがいけなかった。気にしないでくれよ」

お互いが暗黙のうちに「気にしないなんて無理だろうな」と思ってはいるが、そこはあえて口にせず、お互い何事も無かったかのように横に並んだ。

「……作業は完了ってことでいいかね？」

「ええ、よろしいのではないでしょうか」

未だ頬が少しばかり熱いパトリシアは、手で頬を押さえながら答えた。どうにかして取り澄まそうと思っているが、全く以てその効果は表れていない。

「…………っは……！」

抑えきれないと言わんばかりにヒースが噴き出し、口元に手を置いて堪えきれず笑いを零していた。腰を曲げ、更に頬を緩ませて笑う姿に、パトリシアは自身の顔に血が上るのを感じた。

「ヒースさん！」

「わり……はは……！」

涙まで浮かべそうなほど大笑いされたパトリシアは、恥ずかしさ以上に怒りがこみあげてきた。はしたない行為をしていたのは確かに自身なのだけれども、流石に笑いすぎである。

「もう……！　笑いすぎですよ」

「はー……いや、悪い悪い。嬢ちゃんはいつも想像を超えた動きをするなぁ」

「……それは否定致しませんわ」

前世を思い出す前のパトリシアなら、決してこのような行為をしないだろう。そもそも薄汚れた建物にすら入らないだろうが。

価値観とは、蓄積された記憶や経験で変わっていくものだ。明子としての記憶を取り戻したパトリシアと、取り戻す前のパトリシアとで大きく価値観が変わっていることは、当然とも言える。ただ、だからと言ってすぐに納得出来たり、思考を切り替えられるものでもない。素足を晒す行為は今のパトリシアにとって恥ずべきことなのは重々承知だ。だからこそ、ヒースに見られたことはとても恥ずかしく、己の痴態を反省しているのだが。

しかし、笑いすぎるヒースも失礼である。

「やたら湯治場に興味を持ってたのは、そういうことか」

「ええ……出来れば浸かってみたいと思っていたのです。女性専用の湯治場が無いのはとても残念です」

「そうだなぁ～。まー世界は広いし、大陸の何処かにはあるかもよ？　ここは漁師のために開放しているから、自ずと男しか近寄らない」

「そうですね。大変勿体ないことですわ。ねえ、ヒースさん。いつかレイドが軌道に乗ったら一枚噛みませんこと？」

「何にだい？」

「女性専用の湯治場の開設です」

相変わらず突拍子もない発言をしてくるなと内心ヒースは思うのだが、笑みを浮かべた表情を変えないまま、パトリシアの話の続きを待った。

「ネピアは働く女性もいますから、湯治場のような休養出来る場所は女性にも必要だと思います。それに、女性が入る湯治場が大陸に無いのであれば最初に始められるということですわよね」

つまり、一時的にでも専売特許のチャンスがあるということだ。期待に胸が弾む。

「嬢ちゃんは商売にも野心的だねぇ」

「商売もそうですが、新しいことを始めるというのは楽しいでしょう？」

新規ビジネスは決して楽なものではない。前世の勤め先でも失敗した事例も数多くあった。それでも白紙の状態から何かを作り上げていく楽しさも知っている。

「勿論、まずはレイド傭兵ギルドの事務員になることを目指しますが、他にも目標を立てると胸が弾みます」

見上げる空は青く、広々と世界に続く。セインレイムの屋敷から、パトリシアの部屋の窓枠からしか見ることが出来なかった空と同じ景色だというのに、こんなにも広さが違って見える。

「ヒースさんも、もしやりたいことがあったら仰ってくださいね」

「やりたいこと？」

「ええ。わたくし応援しますし、ご協力出来ることがあれば全力で応援しますね」

ヒースの見つめる先で笑うパトリシアは、ヒースと十以上歳の離れた女性だ。経験も少なく幼さを残すはずなのに、ヒースとミシャに指示する様子は熟年の経験を積んだ女性にも見えていた。

けれど今の彼女はどうだろう。

希望に満ち溢れ、新しい物事に挑戦しようとする勢いは。

青空に見える太陽のように眩しいと思ったのだ。

「……なぁ、良ければ下見に行かないか？」

「下見？」

「そ。お嬢ちゃんの将来の夢に向かっての下見だよ」

そう告げるとヒースは笑ってみせた。

戻ってきたガンドから依頼書への署名と報酬を受け取ると、ヒースとパトリシアは湖沿いの道を並んで歩いていた。

ヒースに下見と言われ、とりあえずついていくしかないパトリシアは隣を歩くヒースを時々ちらりと見上げるものの、彼は視線に気付いているというのに全く気にせず進んで行く。

「……どちらに行かれるのですか？」

「あと少しだよ」

（先ほどからそればかり）

湯治場を出てからこの質問は三度目となるが、全てに対し同じ答えしか返されない。

（何なのかしら）

相変わらず何を考えているか読めないヒースの手には、洗浄用に購入したであろう手拭いがあった。余分に買っていたのだろうか。てっきりガンドに、全て渡すものだと思っていた。

「こっちだよ」

ネピア湖のキラキラと輝く水面を見つめるパトリシアに、ヒースが声を掛ける。ヒースは道が整備されていない草木の茂った箇所に向かって歩を進めていた。

「ヒースさん？　そちらは入れないのではないでしょうか」

明らかに人が出入りするような箇所には見えない。

しかしヒースは「いいから」とだけ言って、どんどん茂みの中に進んで行く。

「ええ……」

服が、靴が汚れそうと思いながらも、ヒースの後を追う。草木はパトリシアの背丈ほどの長さまで伸びており、前に進むのも簡単ではなかった。

ガサガサと草の中を進むと整備されていた道から随分と離れた場所に辿り着いた。湖の水がちゃぷちゃぷと音を立てているのが聞こえてくる。時折鳥の鳴き声も聞こえる。明らかに人が入ってはいけない場所ではないかと不安を抱いていると、ヒースがパトリシアの腕をそっと掴んだ。

「もうすぐだ。この辺りはぬかるんでるから掴まってな」

ヒースの声を聞いてゆっくりと彼の腕に手を絡めた。確かに足元は泥に近く、動きづらい。ヒースを支えにゆっくりと進む。

服も靴も土で汚れ、足元や身体に泥も付着している。以前のパトリシアなら絶対に訪れないような場所。けれど今のパトリシアは、微かな不安と、それを上回る期待に胸が膨らんでいた。

「着いたよ」

立ち止まるとヒースはパトリシアの腕を掴み、エスコートするようにしてヒースの前にパトリシアを立たせた。

目の前に広がる光景は、人工物に何一つ妨げられることのない湖と、そして。

「これって……源泉？」

水面に湯気を微かに漂わせた光景が、そこにはあった。

決して深い水辺ではない。足元の先に広がる湖の水面に、時折ボコリと泡が立つ。そこを見てみれば温かい水が流れているのだろう、透明な水が僅かに揺れている。

パトリシアは恐る恐る手を伸ばし水面に触れてみる。

「温かいです……！」

「そ。あんたの言う源泉ってやつだろうな。だが、ガンドの爺さんのところみたいに手を加えてるわけじゃないから流れっぱなしだし、湯はそのまま湖に流されるんで利用するような奴もいない」

「まぁ……」

感嘆の声しか漏れないパトリシアに、ヒースが笑う。「何だその声」と揶揄うように言われても、パトリシアは反論すらせず感動していた。

（景色も最高。場所も静かで広い。あとは周辺の土壌が問題なければ舗装して、男女に分けて……ああ、源泉がどのくらいの湯量を出すのかも調べないといけない。それに、ここの場所はネピアの領地だから、借りるにしてもどのくらいの費用が掛かるのかしら。きっ

と膨大だけれど。けれど）

パトリシアの頬に喜色が浮かぶ。うっとりとした表情で景色を眺めていた。その瞳はまるで宝物を見つけた少女のように輝いていた。

「嬢ちゃん……？」

「ありがとうございます、ヒースさん」

温まった手をゆっくりと広げ、ヒースのかさついた掌を包み込んだ。

「こんな……素敵な場所を教えてくださり……本当に、本当にありがとうございます」

「……どういたしまして」

パトリシアは感動に溢れ、ヒースがどんな表情をしているかまでは気付けなかった。どうすれば自身の喜びを伝えられるのだろうかと考え、そして嬉しさのあまりずっと景色を見つめていた。この美しい湖畔の景色を眺めながらゆったりとした時間を過ごせたら、どれほど素敵だろう。それを、自身の手で作れるのかもしれないと思ったら、嬉しくて仕方がなかった。

「嬢ちゃんはさ」

ぽつりとヒースが話し出す。

「どうしてあんな依頼をしたんだ？　余所から来たばかりで、お世辞にも良い環境と言えないレイド傭兵ギルドで、どうしてそんな働きたいって思うんだ？」

改まって尋ねてくるヒースの表情は真剣で、真っ直ぐにパトリシアを見据えていた。

パトリシアは少し考えた後、口を開く。

「どうしてでしょうね……元々事務員という仕事に興味があったのですが……傭兵ギルドの現状を見て、許せないと思ったからでしょうか」

「許せない？」

「はい。ミシャに対する態度や嘘ばかり書かれた求人票。せっかく新天地として暮らすために来たのに見過ごすなんて嫌じゃないですか」

「何だ……？　そりゃ」

「わたくしは自分のやりたい仕事を全力でやりたいだけですわ」

事務員の仕事は他にはない。ネピアという町に他の仕事が沢山あることは分かっているが、どうしても今のレイド傭兵ギルドの状況と未来を考えると許せないのだ。

「善意とか正義感とかじゃありませんからね。わたくしの我が儘です」

「ははっ……そうか」

パトリシアの答えに笑うヒースの顔は、どこか嬉しそうにも見えた。

穏やかな風の音と共に、静かに佇む。

ただ黙って、景色を眺めていた。

「ただいま戻りました！」

「おかえりなさい、ミシャ」

二人がパトリシア宅でガンドからの依頼をまとめていると、ミシャも戻ってきた。

ミシャは汚れた手を水で洗い、お土産として渡された果物を一部パトリシアに渡した。

「これ、頂いたからパトリシアさんもどうぞ」

「ありがとう。美味しそうね」

ミシャは嬉しそうに笑うと、自身の鞄にも自宅用に持ち帰る果物を詰め込み、既に指定席と化した椅子に着席した。

「お手伝いどうでした？　湯治場の掃除ですよね。漁師のみなさんが早く開かないかなって言ってましたよ」

ミシャとしては何気ない好奇心から聞いてみただけなのだったが、パトリシアとヒースの様子が露骨に変わったことにきょとんとした。

何故なら笑いを堪えることに必死なヒースと、やたら顔を赤くして表情を曇らせるパトリシアに変貌したからだ。

「あ、あの……？」

不思議に思い尋ねてきたミシャの声をパトリシアの大きな咳が打ち消した。

「……問題ありませんでしたよ。無事に作業を終えました。ミシャの報告を聞いてもいいかしら？」

有無を言わさぬ雰囲気に、ミシャはとりあえず大人しく頷いた。こういう場合下手に口出しをしてはいけないと、母からもきつく言われている。

気を取り直していつものように署名をしてもらった依頼書を渡し、報酬の金額を確認する。ミシャの取り分を受け取ると、鞄に大事にしまった。

その間にヒースが切り分けてくれていた果物を三人で食べながら、今日の仕事で起きたことの話や、他愛ない会話をした。

「そういえば、ミシャにも夢とかやりたいことってあるかしら？」

果物を頬張っていたミシャの動きが止まる。

頬を膨らませたまま無言でパトリシアに視線を向けた。

「今日湯治場に行って思いましたの。いつか女性用の湯治場を作ってみたいって」

「壮大な夢だよなぁ」

横から口を挟むヒースをパトリシアが冷たく一瞥するも、すぐに気を取り直してミシャに視線を向けた。

「ミシャも叶えたい夢があるなら、それを叶えるためにお手伝いするわ。ぜひ言ってね。その前に……まずはレイド傭兵ギルドの立て直しが前提ですけれどね」

ミシャは少し考えた後、笑った。

「僕はパトリシアさんに信頼される傭兵になりたいかな」

ミシャの言葉に、パトリシアはきょとんとした顔をして彼を見た。

「わたくしに、信頼される？」

「うん」

「もう十分信頼しているのに」

少し照れくさそうにして微笑むパトリシアの表情を見て、ミシャは嬉しそうに、けれど少し苦笑して笑い返す。

傭兵という職業に憧れたミシャを絶望から救ってくれたなんてきっと知りもしないパトリシアに、苦笑したのだ。

叶うのならば彼女の依頼を果たし、これから先ずっと共に過ごせる未来を。

ミシャは願わずにはいられなかった。


パトリシアがレイド傭兵ギルドを訪ねてから三週間が経った。

既に慣れたもので、朝の仕事を終えたミシャとヒースがパトリシアの家を訪れる。パトリシアは食材の準備だけして、ミシャに手伝ってもらいながら昼食の支度をする。

三人で食卓を囲みながら朝の仕事に関する報告と、今日一日の仕事に関するおさらい。

それから必要な物がないか、困った依頼がないか等の確認をそれぞれ行う。

食器を洗い片付けることには慣れたパトリシアがお皿を布で拭き終えると、テーブルの上に書類を何枚か並べた。

「なんだこりゃ」

「収支報告書です」

「しゅ……しゅんしほうこくしゅよ？」

ミシャは舌を噛みそうになる単語に、全部をうまく言えなかった。並べられた書類を眺めてみれば、見慣れない図形とパトリシアの綺麗な文字がびっしりと並んでいた。主に数字が書かれていることだけは分かった。

「ざっくりとした計算ではありますが、そろそろ一月が経ちますので改めて開始から現在までの収支を確認しました。ええっと、収入の合計がここで支出……依頼で使ったお金がこちらですね。それを差し引いたお金、つまりヒースさんとミシャによるレイド傭兵ギルドの利益がこちらになります」

「わぁ……すごく分かりやすいですね」

ミシャは事務員の手伝いをしていたこともあり、数字の入り組んだ書類を見慣れてはいたのだが、パトリシアが作った書類ほど分かりやすい資料は見たことが無い。

「こちらだけ見れば十分利益が出てはいるのですが、わたくしが事務員になった時のお給金や建物の修繕費等を考えると、まだまだ不足しております。とは言え……軌道に乗ってきましたし、工夫さえすれば問題ないところまで到達致しました」

パトリシアは淡々と語っているが、その事実が他では類を見ないほどすごいことなのだと理解しているのだろうか。ヒースは苦笑しつつ、パトリシアを眺めた。ヒースやミシャは出来高で報酬を得る身分であるし、ルドルフから情け程度の給金を与えられている。勿論正当な報酬ではない上に、ヒースに関していえば報酬をすっぽかされることさえあった。そのような酷い有様から、一定の収入を得るところまで到達させるのは並大抵のことではない。

「初めに設定していた『レイド傭兵ギルドの収入源確保』は、概ね目標達成出来ました。皆様お疲れ様でした」

わぁと喜ぶミシャに、パトリシアは小さく拍手をする。パトリシアとて、まさか一月も経たずに目標が達成出来るとは思っていなかったのだ。

「ですので、もう一つの目標として設定していたルドルフさんの除名。こちらに取り掛かろうと思います」

ヒースとミシャの周りの空気が、少しだけ緊張をはらんだ。パトリシアは一呼吸した後続ける。

「ミシャによれば、ここ数週間ルドルフさんは護衛の仕事をされていたそうです。もう間もなく帰ってこられると聞いています」

「そうだな。まあ、護衛とは名ばかりの外遊みたいなもんだが」

ヒースが呆れた調子でぼやく。どうやら彼も知っていたらしくつまらなそうに表情を曇らせていた。

「帰ってきたら僕が報告書を作らないといけないだろうから、そしたらこっちの仕事が出来なくなっちゃうなぁ……」

残念そうに声を萎ませるミシャに苦笑する。すっかりミシャもパトリシアと共に過ごすレイド傭兵ギルドに慣れてきているのだ。それにミシャは今や稼ぎ頭である。彼が長時間不在になれば収支のバランスは崩れるだろう。

「そうなのよね。なるべく早くルドルフさんは傭兵ギルドから除名か辞めて頂くようにしなければならないのだけれど……」

提言したものの、パトリシアにもすぐにアイデアは思い浮かばない。人を辞めさせる、という行為を前世でやったことがないわけではない。やり方なら考えついている。それは法だ。刑罰や法律等が徹底されたユーグ帝国だからこそ出来る方法。パトリシアの婚約破棄は法に則りうまくいったが、それはクロードが法律を知っている貴族に近い人間だから出来たのだ。ルドルフの場合、法律を知っていようと従うとは思えない。彼に悪行の証拠を提示したところで揉み消されるだろう。

「そうだ。僕、水祭りでも仕事をいくつか貰ってきたよ」

考え事に集中していたパトリシアはミシャの声に顔を上げる。

(どうすれば良いかしら……)

「水祭り？」

「水祭りはネピア独自の祭りだ。湖に眠る女神に祈りを捧げる行事だよ」

隣に座っていたヒースが説明をする。パトリシアは初めて聞く言葉だった。

「そっか。パトリシアさんは引っ越してきたばかりだから知らないよね。今月の三回目にある六と七の日に水祭りがネピア湖の前で行われるんです。司祭様が来て女神にお祈りをします。色々な食べ物の屋台も出るんですよ」

「楽しそうね」

聞いているだけで楽しみな行事に、パトリシアの胸は躍った。聞くと、ミシャはいくつか屋台を出す店の主人に手伝いを頼まれていた。水祭り自体まだ先の日程なのに既に声を掛けられているということは、更に仕事を任されるかもしれない。改めて仕事の依頼がまとまったところでスケジュールを組むべきだろう。

「そうだ。パトリシアさん気を付けてくださいね。水祭りではルドルフさんが傭兵ギルドの仕事として、領主様の護衛や町の見回りを必ず行うから、もしかしたらパトリシアさんと顔を合わせることがあるかもしれないし……」

　何処か気まずそうにミシャは答える。

「お二人とも一緒に護衛に回ってしまうのかしら？」

「いえ、僕らがルドルフさんに仕事を任されることは無いと思います」

「そうなの？」

　護衛と言えば、もう少し人数が必要ではないのだろうか。

「ルドルフさんはいつも僕らではなくて、ルドルフさんの知り合いを集めて依頼を請けています。だから僕の仕事と言ったら、領主様からの報酬を受け取りに行くぐらいです」

「…………！」

　パトリシアは思わず立ち上がった。

　突然の行動にヒースとミシャは驚いてパトリシアを見るも、パトリシアは立ち上がったまま何か考え事をしている。それも、真剣な表情で。

「……ミシャ。今言ったことは本当？　ミシャがネピアの領主に会いに行くの？」

「え？　はい……去年は僕が当日に領主様のところへ行ってお金を預かりました。ルドルフさんは護衛が終わるとすぐに飲みに行っちゃうから預かって来いって言われてて。多分今年もそうなるんじゃないかなぁ」

「それよ！」

更に大きな声でパトリシアが叫ぶものだから、ミシャもヒースも椅子を引くぐらいに驚いた。

しかし、パトリシアは気にしない。

「上手く行けば全てが片付くかもしれない……！」

高揚する気持ちが抑えきれずに思わず叫んでしまったパトリシアを見守っていたヒースは、また何か考えが浮かんだのだろうと察した。

パトリシアという女性は、今まで見てきたどの女性とも違う。自分の意見を言い、自身がやりたいことに対して行動する女性。少しも男性に頼ることはなく、もし頼るのであれば、それは依頼という形にする。

そんなパトリシアの傍にいることが楽しいと感じてしまうことを、ヒースは止められずにいた。

「二人に聞いて貰いたいことがあります」

改めて着席したパトリシアは、今思いついた考えを二人に話し始める。

話は終わらず、夕食の時間にまで及び、それじゃあ「夕食も食べようか」と、まだパトリシアの家は賑やかに声を響かせた。

かつてパトリシアが望んでいた、賑やかな食卓の風景のように。

「面白い記事でもありましたか？」

　クロードが新聞を斜め読みしている後ろから、優しくアイリーンが語り掛けてきた。クロードはぼんやりとしていた思考が一気にクリアになった。

「やあ、アイリーン！」

　アイリーンは微笑みながらクロードの頬に口づけた。クロードもまた同じように返す。

　ここはライグ商会の本社。広々とした応接室でクロードは出たばかりの新聞記事を読んでいる。ユーグ帝国では数日おきに新聞が売り出される。商売を生業とするクロードは必ず購読しているものの中身が難しく、理解するには時間が掛かるのも事実だった。

「それで……何か面白い記事でもありました？」

「記事？　いや……新しい法令やら税収の状況報告ぐらいしかまだ目は通していない。それより、新しい茶葉が入ったんだ。飲まないかい？」

「……ええ、勿論ですわ」

　少し間をおいてアイリーンは微笑んだ。彼女の返答に気を良くしたクロードは近くの使用人を呼び出し、最近仕入れた茶葉の説明を始めた。

その間、アイリーンはソファに置かれた新聞を手に取った。ずらりと並ぶ文字列を黙って見つめていた。

ふと、小さな声で「水祭り……」と呟いた。

「何か言ったかい？」

お茶の用意をしていたクロードが振り返る。

新聞を眺めていたアイリーンは顔を上げ、「いいえ、なんでも」と笑って返す。

「良い香りですわね」

「そうだろう？　西の商人と取引をした時に教えてもらったんだけど……」

クロードの言葉を聞き流しながら、アイリーンは先ほどの記事を思い出す。

ほんの数行の小さな記事だった。

『ウィンストン子爵統治地域、ネピアにて感謝祭である水祭りが開催される』

「アイリーン……僕の話を聞いてるかい？」

ふと、声を掛けられて顔を上げる。目の前には婚約者となる男の気の抜けた顔。

「ごめんなさい。早く飲んでみたくって……」

「ははっ。いいよ。おかわりもあるからね」

「はい。頂きます」

口角を柔らかに上げ、ふっくらとした唇にカップを当てる。茶は確かに美味しかった。

だが、美味しいものの味の質は悪く安物の味がした。

「とっても美味しいです。ありがとう、クロード」

クロードに感謝の言葉を贈れば嬉しそうに頬を染める。

アイリーンは瞳に感謝と愛情を乗せながら、その粗末な茶を再度口に含んだのだった。

四章・引退の手続きはお済みですか？

Chap.04

ネピア湖は女神の涙によって作られた、そんな伝承が遥か昔から語り継がれている。女神が降り立った地で涙を流すと、その涙は大いに広がり、今のネピア湖を作ったのだと言われている。

そして、年に一度女神に感謝を捧げる行事がある。それが水祭りだ。二日間に亘る祭りは、水の恵みに感謝すると共に涙を流す女神をお慰めするため行われる。女神がお慶びになれば涙を流さずにいられるだろうと、楽しく過ごすことが主とされた祭りだ。

日中から開かれる露店や小さな催し物。この日は町中賑やかで、皆が和気あいあいと過ごしている。

中でもメインと言える催しが、女神に向けた祭事だ。二日目の昼刻、湖畔から女神に祈りを捧げる祭事は、必ず領主と神職である司祭が行う。

ネピア領主であるウィンストン子爵はネピア地方以外にも、もう一つの領地を持つ貴族である。

普段はもう一つの領地を中心に統治しているため、ネピアに関しては町役所や自身の秘書に仕事を一任しており、滅多に領地を訪れない。というのも、ネピアは比較的安定した土地なのだが、もう一つの領地は問題が多く、ネピアにまで手を掛ける余裕が無いのが実情だ。

それでも、水祭りとなれば出席することになるだろう。

そして今日は、祭りの一日目である。

パトリシアはいつもより早く起きて身支度を終える。髪をいつもの三つ編み……ではなく後頭部で一つ結びにし、根元をリボンで飾る。せっかくのお祭りなのだからと、妙に浮ついた気持ちから無意識にそんな髪型にしていた。動きやすいが普段着より少しばかり可愛らしい恰好に着替えたパトリシアは、軽食用のパンをひとつ摘まんでから家を出た。

外に出れば何処からか演奏の音。大人子ども拘わらず聞こえてくる笑い声。時折商売人が客引きをする大きな声が耳に飛び込んできた。遠くからは色々な香りが流れてくる。魚の焼けた匂いから、甘い果実のような香りまで。

「すごいわ……大きなお祭りなのね」

セインレイムの屋敷で暮らしてきたパトリシアは、町で賑わうお祭りになど参加したことがなかった。伯爵家の令嬢たる彼女が町に出て遊ぶなど、そもそも許されるはずもなく、目の前に広がる光景全てが初めてのもので目新しかった。

少し浮き立ちながらも人混みを避けつつパトリシアは待ち合わせ場所へと向かった。

「あ！　パトリシアさん！」

人混みの中でミシャがパトリシアを見つけ、大きく手を振る。名を呼ばれたパトリシアはそちらに視線を向け、息を呑んだ。

そこにはミシャと、普段と全く違う様相のヒースがいたからだ。

「ひ……ヒースさん……？」

「パトリシアさんも驚いたよね！　ヒースさんカッコイイんだもん」

「俺はいつでもカッコイイだろうが」

皮肉っぽく苦笑するヒースの顎に無精ひげはない。いつもだらしがない結い方をしている髪も今日はきっちりとワックスで固めて後ろに流されていて、ボサボサだった前髪もまた綺麗に整えられている。更に服装まで違った。いつも身に着けている革製のベルトやズボン、肩に付けられた簡素な鎧などが一切ない。今彼が着ている服は、紳士服と呼ばれるものだった。首元を息苦しそうに指で広げる姿はひどく色気があり、パトリシアはヒースだと分かっているのに頬を思わず染めてしまった。

（反則ね）

普段の彼を知っているからこそ、そのギャップにあてられてしまう。パトリシアは気を取り直し、ヒースを見上げる。

「随分と雰囲気が違いますけれど、どうなさったの？」

「観光に来る商人夫人のエスコートだよ。旦那さんが商売で忙しい間、護衛兼エスコートの依頼が来たってわけ」

「この町でそんなお仕事出来るの、ヒースさんぐらいですもんね」

「そうですの……」

何となく面白くないパトリシアである。

とはいえ依頼は依頼。ヒースとミシャから依頼書を見せてもらい、中身に問題がないか確認をしてから本題に入る。

「では改めて。領主のウィンストン子爵は本日屋敷で会食。祭りの開始時と終わりに挨拶をする程度で、後はほとんど屋敷内で会食や商談を行っているようです。なので今日と明日のお昼までは各自依頼を行ってください。ですが、夕刻からの仕事はお断りしてくださいね。それとミシャ、ルドルフさんにはお会いしました？」

「ルドルフさんの友達って人には声を掛けられました。明日、夕刻の鐘が鳴ったらギルドに顔を出せって」

「そう。ではそこで報酬の受け取りの話が出るでしょうね」

忘れないようメモ帳にスケジュールを書き入れていく。この世界に時計といった道具はない。日の傾きで大体の時刻を推定する。それでも朝、正午、夕刻の三度だけ鐘が鳴って時刻を知らせてくれるのだ。

「ミシャ。子爵は本当に祭事にいらっしゃるの？」

「いつもはそうですよ。ただ、あまりお祭り自体には参加されないから、今日もいつまでいるかなぁ」

「そう……もしよければ子爵の特徴を改めて教えて頂けます？」

　パトリシアは社交場でも子爵を一度も見かけたことがない。相手を間違えてはいけないとミシャにウィンストン子爵の特徴を教わり、その内容をメモに書き写す。そんなパトリシアの様子をヒースは黙って見つめていた。

「……ありがとう。では、夕方にまたお会いしましょう。お仕事頑張ってくださいね」

「そうだ。夕方といえば、明日の夕方にはここで花束交換があるんですよ！　ヒースさんとパトリシアさんで贈りあったらいいじゃないですか？」

「…………」

　沈黙。

「…………あれ？　僕、なんか変なこと言っちゃった？」

「花束交換？」

「そうです。女性を女神にたとえて、日頃の感謝を捧げるっていうやつですよ。ね、ヒースさん」

「……俺はいつも飲みに行ってたから知らないねぇ」

「ええ～楽しいのに。僕は毎年お母さんに贈ってます。せっかくだからヒースさんもパトリシアさんに……」

「いいから。ほら、ミシャ！　行ってらっしゃい。今日は仕事がいつもより多いんですから」

「は～い」

それじゃあと手を振るミシャを見送りながら、何故か隣に並んだままのヒースを横目で見る。

「……ヒースさんはお時間じゃありませんの？」

「依頼書を見て知ってるだろう？　依頼人が来るのが昼なんだよ。それまでは暇なんでね」

そういえばそうだった。ヒースの仕事は貴族にも近い夫人の相手であるため、拘束時間は短く報酬も高い。その分気を遣う仕事ではある。

だからだろう、今日のヒースからは煙草の香りが一切しなかった。

「……煙草、控えていらっしゃるのね」

「依頼人がいるからね。煙草臭いまま行くわけにもいかないだろう？」

「それも、そうですわね」

何故だろう。パトリシアはどこからか不可解な感情が生まれていることを、自身で感じ取っていた。どのような依頼であろうと、こんな感情を抱いたことなんてない。多少眉を顰めるような無茶な依頼が来ても、ミシャとヒースが断らないのであればパトリシアも受け入れていた。

なのに、どうしてだろう。

(何が不満だというの?)

自身の感情の中に、不満という言葉が浮かんでいたのだ。

「嬢ちゃん?」

黙るパトリシアに疑問を抱いたヒースが、顔を覗き込んでくる。急に間近に迫ったヒースの顔に驚き思わず後ろに下がれば、体勢を崩してしまう。

「あっ」

「危ないなぁ。大丈夫か?」

咄嗟にヒースがパトリシアの腰に手をあて支えてくれたお陰で、パトリシアは尻もちをつくことはなかった。まるでエスコートする紳士のように優しい腕で抱かれたことに、心臓が煩いほど高鳴った。

「すみません……」

「寝不足か?」

「違います。考え事をしておりました……もう大丈夫ですわ」

取り繕って笑みを浮かべてみせるがヒースの表情は変わらない。パトリシアを怪訝そうに見つめているばかりだ。

「……本当に大丈夫です」

子ども扱いされているような気持ちに、頬が少しだけ赤らんだ。

「……依頼まで時間もあるし見て回るか？」

「え……？」

「祭り。初めてなんだろう？」

パトリシアが言葉を返そうと口を開いた瞬間、少し先で大きな音楽が流れ始めた。ヒースがそちらに視線を向ける。

「お。丁度演奏が始まったぞ。見に行くか？」

ヒースは笑い、当然のように手を差し伸べてきた。剣だこの出来た無骨でありながら細長い指先がパトリシアに向けられる。

「……はい」

パトリシアには自身が分からなかった。

先ほどから不可解な感情ばかりが行き交う己の胸の内に混乱を抱きながらも、それでも差し出された手を素直に受け入れたのだった。

少し先で行われたパレードでは楽団が音楽を奏でていた。奏でている楽器をパトリシアは目にしたことがなかった。彼女が貴族であった頃に見ていた楽器は弦楽器がほとんどだったが、今目の前で奏でられている楽器はほとんどが木管楽器だ。縦笛や横笛に似た楽器を吹き、小太鼓をリズミカルに叩いている。時折竪琴の美しい旋律が風と共にネピアの町に広がっていく。曲が終わるたびに拍手が注がれ、気付けば周囲は人だかりになっていた。

人が集まれば周囲に大道芸人も入ってきて、その場で芸を披露する。そのたびに拍手と金銭が飛び交っている。短剣をお手玉のように回したり、柔らかな肢体を披露する姿は周囲をざわめかせた。

ひと通り見終えた頃には広場の人だかりは、移動すら困難な状態になっていた。

「こっちだ」

ヒースはパトリシアの腰に手をあて誘導する。なるべく人に当たらないようにとパトリシアを守って移動するため、ヒースと恋人同士のように密着することになり、パトリシアは俯くことしか出来なかった。

今のパトリシアは十六歳。男性と触れ合う機会などほとんどなかった。それこそクロードと社交の場でダンスを踊るぐらいしかなかったのではないだろうか。

それに、明子もまた恋愛する機会が少なかった。男性と付き合ったことは確かにあったが、その思い出は決して楽しいものではなく、自分には縁がないのだろうと、諦めていたこともあった。何せ浮気されるわ利用されるわ、散々な恋愛経験しかなかったのだから。

（恥ずかしいわ……）

ヒースが人混みから離れることを優先して、パトリシアに注目していなくてよかった。きっと今のパトリシアは、普段からは想像出来ないほどに顔を赤らめているだろうから。

「この辺りは空いてるな。平気か？」

「はい……」

少しばかり乱れた髪を結び直しながら、パトリシアは人混みの少なくなった通路に立っていた。通り風によってどうにか頬の熱も治まった。ヒースがこちらを向くまでに治まって良かったと思った。人混みから抜け出たために、何を考えて頬を赤らめていたかまでは分からないだろう。

「何か軽く食べてから仕事に行くかな。嬢ちゃんは何食いたい？」

「何と言われましても……」

「じゃあ見て回ってから決めようか。ほら」

ようやく腰から離れた手は、今度ははぐれないようにとパトリシアに差し出される。子ども扱いなのだろうか。それとも。

「……よろしくお願いします」

　パトリシアは少し緊張しながら、自分の手をヒースの手に重ねたのだった。

　引っ張られる形で連れていかれた祭りは、何もかもが新鮮だった。鶏の丸焼きにクレープのような生地に果実を載せた菓子、野菜の串焼きもあれば、所々では酒も売り出している。湖のほとりということもあり、湖で獲れた魚の塩焼きも並んでいる。ユーグ帝国は岩塩が豊富に採掘される地域である。山脈に囲まれた帝国内では岩塩の流通量が多く、海が近くにない異国に対し輸出することで他の資材や資金を得ていたほどで、塩に困ったことがない。

　ヒースは魚の塩焼きを二本買い、一本をパトリシアに渡し、パトリシアは焼いたばかりの温かい焼き魚の腹に向けて口を開けて頬張ってみる。程よい塩加減と魚の甘みが口内を満たす。鮮度もよいだろう。とても美味しかった。

「いい食べっぷりだ」

　ヒースが笑う。しまったと、慌てて口を閉じてヒースを見れば、彼も丁度大きな口で魚に噛りついていたところだった。

「美味いな」

「ええ。美味しいです」

　不思議な時間だった。

貴族として過ごしてきた十六年の間では考えられないひと時。歳の離れた男性の隣に並び、町中で買い食いをして感想を言い合う。

（以前だったら想像も出来ないことね）

クロードとの結婚が当たり前だと思っていた伯爵令嬢のパトリシア。我が儘し放題で寂しさを抱えた幼い少女。勿論その時の気持ちも覚えているし、それはパトリシア自身の記憶としてしっかり刻み込まれている。

恋は失うことだってあるし、お金はいずれ無くなるものだし、求めても得られない愛情だってある。

同時に自分の手で得られる達成感や喜びや、人間関係もある。それは、体感しなければ分からないことなのだ。

（前世を思い出して良かった）

晴れ晴れとした青空を見上げながらパトリシアは思う。池に落ちて前世の記憶を取り戻したことは、パトリシアにとって天啓だったのかもしれない。人生をやり直すきっかけを、神が与えてくださったのだとさえ思った。

「お嬢ちゃん、何ぼんやりしてんだ？」

「……空を見上げていただけですわ」

隣に並ぶヒースが訝し気にこちらを見つめてくるものだから、パトリシアは少しだけ視線をずらしてまた空を見た。ヒースを前にしているとどうしても調子がくるう。

「そうだ。的当てでもするか？　まだ時間もあるし。ほら、丁度そこでやってるだろう？」

ヒースの指し示す方向には確かに的当てらしい屋台があった。それは、前世で言うとダーツのような遊びで、少し離れた距離から細い矢を投げて的に命中させるというものだった。

「難しそうですね」

「何事も経験だろ」

パトリシアを連れてヒースが向かうと、屋台では数名の大人達がむきになって的に矢を投げていた。だが、距離もある上に中々刺さらないようで苦戦している。

ヒースが店主にいくらか銭を渡すとパトリシアに矢を一本渡してきた。

「お手並み拝見してもよろしいですか？」

「……よろしくてよ」

馬鹿にしているな？　と一時パトリシアはムッとしたが、気を取り直して的の正面に立った。近くで見ると大分距離がある。

(前世でもダーツなんて一回ぐらいしかしたことなかったわ……)

勿論パトリシアに生まれ変わってからも、このような遊びは一切やったこともなく。

「えいっ」

勢いよく投げた矢は、空しく的を外れて落ちていく。

ヒースに追加で矢を渡され二本目。もう少し力加減に注意して投げてみると、的に当たる。だが、刺さることはなく弾かれて落ちた。

「……難しいですわね」

「あと一発だな。ほら」

最後の矢を渡されるが、パトリシアはその矢をそのままヒースに押し付けた。

「見本を見せてくださいな」

「あぁ？」

「お手並み、拝見してもよろしいですか？」

先ほど言われた言葉をそのまま返してみれば、ヒースは苦笑しつつ「よろしくてよ」と
パトリシアの真似をすると的を見た。

その瞬間、パトリシアだけだろうか。

空気が張り詰めるような緊張感が走った気がしたのだ。

驚いてヒースを見上げると、いつもの飄々とした表情は消え、真っ直ぐに的を見つめていた。鬼気迫るようなものではない。だが、ヒースが集中しているだけで、ひどく空気が緊張していた。

ストッ。

何が起きたのか気付かないくらい速く、矢が風を切る。

小気味よい音が的の方角から聞こえてきたと同時に、周囲から歓声が沸き起こった。

「すごいな！　中央に当てやがった」

「キレイに入ったわね～！　初めて見たわ！」

「なんだよヒース！　一等持っていくんじゃねえよ！」

声に驚いて的を見てみれば、先ほどまでヒースが持っていた矢が的の中央に刺さっていた。的に刺すことさえ難しかったというのに、矢は落ちることなく真っ直ぐに突き刺さっている。

「よっしゃ。一等って何があるんだよ」

ヒースは機嫌良く店主と賞品の話を進めていく。話し終えるとパトリシアに向き直り

「この中から選べるけど、何が良い？」と尋ねてきた。

「え……？」

「ほら。一等だってよ……どうした？」

「い、いえ……まさか中央に刺さるなんて思っておりませんでして」

「はは……偶然だよ、偶然」

偶然と流すヒースの言葉を聞いて的を見る。的に対し垂直に真っ直ぐ刺さった矢を見る

に、それが偶然とは到底思えなかった。

何より先ほど見たヒースの表情や張り詰めた空気は本物だったと、パトリシアは思う。誰も気づいていないが、普段と打って変わった表情を一瞬見せていたのだ。

「お嬢ちゃん。一等、適当に選んでいいか？」

不意に尋ねられ、パトリシアは慌てて頷いた。

「勿論ですわ。ヒースさんが当てたのですから」

「ん。じゃあこれ」

ヒースは店主に何かを指示すると、賞品らしき物を受け取りパトリシアに差し出した。

「どうぞ」

手渡された賞品の箱を開けると、そこには可愛らしいぬいぐるみがあった。麻布で綿を包んでうさぎの形にしたぬいぐるみの瞳には、小さな黒い石が煌めいている。

「そんな……よろしいのですか？」

「ぬいぐるみ、好きなんだろ？」

「どうしてそれを……」

「あんたの家に大事そうに並べてあっただろう？」

「そ、それはそうですけど……」

自身がぬいぐるみ好きと知られていることが分かると、パトリシアは顔を赤らめた。子ども扱いしないでほしいと思っていたのに、子どもっぽい趣味を知られていたことが恥ずかしかった。

「ヒース、お前はもうやるんじゃねえぞ。これ以上賞品とられたくないからな！」

「へいへい」

店主がヒースに話しかけてきたことで、話が終わる。パトリシアは黙って受け取ったうさぎのぬいぐるみを見つめる。

パトリシアは幼い頃からぬいぐるみが好きだった。今、手元にやってきたうさぎのぬいぐるみはとても可愛らしい。町に住む子ども達が持つようなぬいぐるみではなく、貴族や豪商の子どもに贈られるようなしっかりとした布地とデザイン。それこそ、セインレイム家にいた頃によく買っていたぬいぐるみと同じ触り心地だった。

「……大切にします」

嬉しさのあまり頬をつけそっと抱き締める。

小さく囁いたパトリシアの言葉は、少し離れた場所にいるヒースに聞こえただろうか。大事そうにぬいぐるみを抱き締めるパトリシアを一瞬眺めてから、ほんの少しだけ口角を上げて応えたヒースは何も言わなかった。

パトリシアにとってヒースは、やる気のない年上の男性だった。だらしなく、身だしなみだってしっかりしていない。正直に言えば好感など全く持てなかった。

けれど、どうしてだろうか。

今この時間をヒースと過ごすことが、とても楽しくて楽しくて。

パトリシアはただ静かに、うさぎのぬいぐるみを見つめていた。


一日目は特に問題なく祭りを終えた。ヒースとミシャも順調に依頼をこなし、いつもよりも高い報酬を得て戻ってきた。

パトリシアは改めて翌日のスケジュールを見直し、自身の計画に問題が無いと判断し、その日を終えた。

そうして二日目――最終日が訪れた。

祭事の時間。

湖の前で司祭の祈りを聞く男性の姿をパトリシアは遠くから見つめていた。

（ネピアの領主……やはり伯爵家に居た時もお会いしたことは無いわね）

爵位持ちなのであれば帝都で開催される宴などに出席しているかもと思ったが、顔を見る限りパトリシアには覚えが無かった。

初日は挨拶だけ済ませると姿を消していた領主は、最終日の二日目にようやく町で顔を見かけることが出来た。他にも遊びに来ている貴族達もいるが、前日にミシャから特徴を聞いていたこともあり、顔を見てすぐに分かった。昨年のスケジュールを聞いた通りの流れで、領主は午前中筆頭商人や役人への挨拶回りをし、午後になって祭事の場所を訪れたようだった。

暫く祭事の様子を遠くから眺めていたパトリシアだったが、そこから少し離れた場所で護衛のために列席しているルドルフを見つけた。流石の彼も神聖な場では大人しく頭を下げて祭事に参列している。彼の付近には数人体格の良い男性が並んでいる。それが、ミシャの言っていたルドルフの知り合いによる護衛集団なのだろう。

顔や大体の状況を理解したパトリシアは祭事の場から離れ、レイド傭兵ギルドの拠点に向かった。ルドルフが祭事に出席している今であれば、何の心配もなく利用することが出来る。

「パトリシアさん！」

「ミシャ。準備は出来たの？」

「ばっちりです。必要な書類ってこれで全部ですか？」

祭事が始まるまでの間に数件の手伝いを終わらせて先に拠点に入っていたミシャは、自身の受けた依頼の分も整理した上で、更にパトリシアがお願いしていた書類まで渡してきてくれた。

受け取った書類を確認して、パトリシアは微笑んだ。

「完璧。忙しいところでしょうに、ありがとう！」

「へへ！　それと、さっきルドルフさんが来ました。予想通り僕に報酬を受け取って来いって」

「計画通りだわ」

去年の話を聞いた限り、領主は祭事を終えるとすぐにもう一つの領地に向かうらしい。出発する前に護衛の報酬を受け取る時間が得られる。本来であればルドルフが受け取るべきものだが、ルドルフは護衛の仕事が終わると毎年すぐに町に繰り出すという。この賑やかな祭りの誘惑に勝てないらしい。

「あと一刻もしたら祭事が終わると思う。支度をして行きましょう」

「……本当にパトリシアさんも一緒に行くの？」

「勿論。そのためにこちらを用意したのですから」

ミシャにまとめ上げた書類を見せて、パトリシアは笑った。ミシャから見ても意地の悪い笑顔だと分かった。

「そういえばヒースさんは？」

「実は今日、ずっと見ていないんです。もしかしたら誰かに新しい仕事でもお願いされていたのかなぁ」

「わたくしは特に聞いていないわ。朝に聞いていた依頼は、今の時間から考えると既に終わったと思うのだけれど……」

ヒースが今日受けていた仕事の内容は、全て朝方に終わるものばかりだった。そして朝、パトリシアが自身の家で支度をしている時に訪れたヒースから、依頼書と報酬も受け取り済みだった。

その時に「またあとで」と挨拶を交わしていたのだが、未だ彼の姿は見えない。

「とりあえず急ぎましょうか。こちらが優先すべきことだわ」

「あっ、そうですね！」

ミシャは改まって背を伸ばし、拠点を出た二人は一度パトリシアの家に戻った。

そして家に戻ると、昨日のように浮ついた恰好ではなく事務員らしい堅い恰好に着替え、髪を定着した長い三つ編みに戻す。ミシャも朝の仕事で汚れていた服を整え、少しでも事務員の手伝いらしく見えるようきっちりとした恰好に着替え直した。

(服装の乱れは心の乱れ)

服装で人を判断することだってある。だからこそ、正装のようにしっかりとした恰好で挑もうと決めていたのだ。

町は賑やかに彩られている。何処に行っても人が多い中、ミシャとパトリシアは離れないよう手を繋ぎながら目的地まで向かった。

祭事に使われる太鼓の音が響く。ミシャ曰く、祭事の終わりを告げる合図だという。

遠くから祭事を見守っていた人々がゾロゾロとその場を離れていく。どうやら終了したらしい。人の波に飲みこまれないようかいくぐりながら二人は祭事場付近に建てられた天幕まで向かった。

天幕は人が何十人も入るような大きなもので、中から人の笑い声が聞こえてくる。天幕前にはルドルフの知り合いと思われる護衛が立っているため、未だ近づけない。

中から響く笑い声だけで、相手が誰だかは分かった。ルドルフがいるようだ。

「今年も問題なく終わらせられたよ。ありがとう」

「いえいえ、また次もよろしくお願いします。報酬は傭兵ギルドの子どもが取りに来ます。去年も取りに来た者です」

「ああ、分かった。身体に気を付けて過ごしてくれ」

「ウィンストン子爵も」

天幕から出てきたルドルフと子爵はその場で握手を交わす。

横暴なルドルフしか見ていないパトリシアから見れば、ルドルフの行動があまりにも分かりやすくて呆れてしまった。

天幕に領主が戻るまで見送っていたルドルフだったが、姿が見えなくなると同時に天幕前で護衛していた男の肩を叩き、「飲みに行くぞ」と声を掛けた。

護衛していた男は、へらへらと笑いながらルドルフと一緒に天幕を離れていく。

パトリシアとミシャは姿を隠しながら、二人の背中が見えなくなるまで様子を窺っていた。

「もう大丈夫そうですね」

今こそ領主であるウィンストン子爵と話が出来るタイミングである。

パトリシアは緊張した面持ちで周囲を見渡した。ヒースの姿が無いか確認しているのだ。

「……ヒースさん、来ませんでしたね」

「そうね…………本当、肝心な時にいないのですから困りますわ」

出来れば彼にも傍にいて欲しかった。なんて甘えをミシャに漏らすことが出来るはずもなく、パトリシアは小さく咳払いをした。

「……それじゃあ、行きましょうか」

隠れていた場所から姿を現すと、二人で身を整えてからゆっくり天幕に向かう。

「失礼致します。レイド傭兵ギルドの者です」

「レイド傭兵ギルドのミシャです！」

暫くして中から物音がすると、天幕が開いた。領主の秘書らしき男性がパトリシアとミシャを見る。

「ルドルフさんの指示で参りました」

天幕の中で帰宅の支度をしていたらしい領主が、二人を見た。ふと、パトリシアを見て不思議そうな表情を浮かべる。

「こちらのお嬢さんは？」

「パトリシアと申します」

「新しい傭兵ギルドの事務員かな。ご苦労様。それじゃあ報酬を渡しておいてくれ」

「かしこまりました」

領主の言葉で部下が予め用意していたらしい報酬の入った袋を差し出してきたため、ミシャがそれを受け取った。

「ご苦労だったね。それじゃあ……」

「恐れ入りますが」

退室を促そうとする領主を、パトリシアが声で制した。

凛とした声が賑やかな天幕の中に響き、周囲が一瞬静まりかえった。

「少しのお時間で構いません。こちらの資料をご覧頂けませんでしょうか？」

パトリシアは肩に掛けていた鞄から分厚い書類の束を取り出すと、領主に手渡した。

ウィンストン子爵は怪訝な様子でパトリシアを一瞥しつつも、一応書類を手に取ってみた。軽く中身を開く。綺麗に整えられた資料だと思った。これほど整理されて見やすい資料は見たことが無い。

そして中に書いてある文字を読んで……硬直した。

「これ……は……！　どういうことだ？」

信じられないと顔に書いてあるウィンストン子爵は慌ててパトリシアを見た。

まさか、レイド傭兵ギルドの不正行為に関する記述が載っている書類を、レイド傭兵ギルドの者から渡されるなど。

パトリシアは黙り微笑んだまま、彼に続きを読むよう促した。

「そちらに書かれていることは、ほんの一部です。ぜひともご覧頂きたい頁はこちら……そう、栞を挟んでいるところですわ」

領主は恐る恐るパトリシアの言う通り栞が挟まっている箇所を開いた。そして、絶句した。

そこには彼の遠縁であり、信頼を寄せるルドルフに関する規律違反行為の数々や、住民からの被害届などがずらりと並んでいた。中でも目を引くものは、金銭の横領行為に関する陳述だった。

「こちらに記載している内容は、町役所に報告されていない町民からの声が半数ですわ。特に住民の被害届につきましては直筆による被害者からの届出もお渡し出来ます。軽微な内容は次の頁に一覧で載せておりますが、特に被害が大きい事件に関しては全文を資料として載せさせて頂きました」

被害届の内容は様々だった。営業妨害、器物破損、婦女暴行まであった。あまりの内容に領主の顔色は悪くなる。

「金銭に関する被害はより詳しく確かめる必要がありますが、取り急ぎレイド傭兵ギルドで行われた一年分の横領の資料はまとめてあります。以前勤めていた事務員と共謀していたのですが、事務員はトラブルがあった末、辞めさせられておりますので、正確な資料が必要であれば少しお時間を頂きます」

「……誰かここに」

領主が幾ばくか緊張した声で使用人に呼びかければ秘書の男が傍に寄る。秘書に対し何かしら耳打ちすると、秘書はすぐに天幕から出て行った。

「……よく分かった。レイド傭兵ギルドは実に危うい立ち位置にあったのだな。だが、本当にルドルフのことなのかという事実は彼に聞かなければならない。それは承知してくれるかな？」

領主の言い回しから、彼がルドルフをまだ擁護しようとしている意向をこちらに伝えていることが分かった。たとえルドルフが加害者であり悪人であったとしても、領主にとっては血の絆で結ばれた相手なのだ。

逆に立場が危うくなるのはパトリシアとミシャだ。天幕の外から僅かに人の気配がする。

もしかしたら取り押さえられてしまうのかもしれないと、パトリシアは緊張に身体を強張らせた。

「君達には少し休息が必要だろう。なあに、悪いようにはしないさ。いくら欲しいのかな？」

「そんな……」

ミシャの悲鳴にも似た声に、領主は僅かに笑みを浮かべた。

パトリシアは心の中で領主に失望する。ネピアという美しい町を、このような男が治めていたことに対し落胆したのだ。町の人はあれほど優しく前向きに暮らしているのに、肝心の町を統治する領主がこんな有様だから、若い女性は町を去り、ルドルフのような男が好き勝手にする町になってしまうのだ。

「金銭など不要です」

パトリシアは通る声でウィンストン子爵の提案を撥ねつけた。最後に取っておいた切り札を出す時だ。予想外の反抗に、子爵の眉が不満そうにつり上がった。

「では、何が望みだ？」

「お分かりになりますでしょう……レイド傭兵ギルド団長、ルドルフの退任です。彼を退任させようにも、わたくし達並びに町人でさえ手を出すことが出来ない現状であることは……貴方が一番ご存じなのではないでしょうか」

「さあねぇ……私は彼が優秀だと知っている。ここにある情報も、彼に対する妬みから来るものかもしれない。それに、そもそも傭兵というのは荒い仕事をする職だ。多少の乱暴さには目を瞑るものじゃないのかい？」

悠々としたウィンストン子爵の言葉にミシャが口を開こうとし、グッと堪えた。彼の憧れる仕事を侮辱されたようなものなのに、それでも彼は理性でもって言葉を我慢したのだ。

「……仰る通り、武力を行使する職務ですので多少の荒事はあるかもしれません。ですが、その武力は依頼人や町の人にではなく、彼らを守るために使われるべきなのです。それこそが、真に傭兵と呼べる方の仕事ですわ」

パトリシアは思い出す。ドレイク傭兵ギルドのアルトや、ヒース、そしてミシャ。子爵が言うように乱暴な仕事と受け取る者もいるかもしれない。身体を使う、力を振るう仕事というものは決して穏やかなものではない。けれどそれは、人を守るための力なのだ。誰かが護らなければ町の人々は穏やかに暮らすことが出来ないのだ。帝国の憲兵の力が小さな町にまで行き届かないからこそ、傭兵という組織が必要不可欠なのだ。護衛、警備、人々が外部からの暴力を防ぐための役割を、傭兵が代わりに務めている。

それは誇りある仕事なのだ。

「……君のようなご令嬢に、荒くれ集団の真理を説かれるとは思いもしなかったよ」

皮肉めいた子爵の言葉に、パトリシアは優雅に微笑む。

「しかし残念だが、私はルドルフを退任させるつもりはない……。彼は私にとって、任務を遂行してくれる大事な傭兵だからね。悪いが辞めてもらうのは君達だ」

子爵は手に持っていた資料を床に叩き落とした。

資料を作っている間に露呈した取引は、いわゆる賄賂だった。ネピア内で見かける商品の中に、帝都周辺よりも随分と価格が高い物があった。民の必需品である香辛料など、定期的に輸入されている商品が妙に高値だった。調べてみれば、それはある商人ギルドが独占して仕入れている物であった。

きっとウィンストン子爵が管理しているもう一つの領地でも、同様のことが出てくるだろう。そして、その一端にルドルフは関与しているのだ。

そこまでの推測は出来ているが、残念なことにパトリシアには物的証拠がない。別の領地の情報を得ることは出来なかったのだ。

「………」

パトリシアは変わらず笑みを浮かべながらも、緊張に汗が滲む。だが、こちらの不安や動揺を見せてはならない。その想いだけで彼女は笑みを浮かべていた。

（ここからは、もう駆け引きね……！）

情報は全て出した。あとは心理戦だ。

パトリシアはふう、とわざとらしく溜息を漏らしてみせた。顎に手を置き、腕を組む。

急に態度を変えたパトリシアの様子に、子爵も表情を硬くした。

「わたくしを辞職させたいのであればどうぞご自由に……と申し上げたいのですが、残念なことにわたくしはレイド傭兵ギルドに勤めている者ではございませんわ。ねえ、ミシャ」

「えっ……はい。そうですね」

急に話題を振られたミシャは驚いた様子で頷いた。

「では何故君のようなご令嬢がこの場に？　無関係なら尚更出て行ってもらわないと」

「それが……無関係というわけでもないのです」

パトリシアはスカートのポケットから、一枚の封筒を取り出した。丁寧に中身を取り出すと、一枚の推薦状を子爵に見えるよう提示した。

「それは……」

「わたくしがとある方から推薦されてこの地にいるということを、どうぞお忘れなきようお願い致しますね」

パトリシアは見せつけるように半歩ほど領主に近付き、彼の目前にぶら下げた。

領主はその小さな紙切れを見て、絶句した。

そこには、傭兵ギルドの中でも名の知れたドレイク傭兵ギルド副団長の名と血印が記されていたからだ。

「推薦状……ドレイク傭兵ギルド副団長アルトの名の下にパトリシアを推薦する。傭兵ギルドにおいて正しい措置を下すことをドレイクの名の下に……要請する……」

読み上げながら、ウィンストン子爵は顔を青褪めさせていく。

ドレイク傭兵ギルドは大陸内においても有名な傭兵ギルドである。時には国からの勅命を受けることもある傭兵集団。いわば国の守護下で動く組織でもあった。

そのドレイクが推薦をした女性ということに、ウィンストン子爵が動揺したのを見て取り、パトリシアは口角を上げて微笑みを浮かべた。

「偽物の書類かどうかは、どうぞドレイク傭兵ギルド副団長のアルト様にご確認を。彼より直々に預かった書類ですから……答えは決まっておりますけれど」

「貴女は……ドレイク傭兵ギルドから来たのか……？」

ウィンストン子爵の声は震えていた。

もし書類が本物であるとすれば、このような田舎町に何故訪れたのか。そして、何を目的に子爵の前に現れたのか……想像は容易かったのだ。

パトリシアはあえてウィンストンの質問には答えなかった。

「ご想像にお任せいたします。こちらの署名に偽りがないことは、聡明な領主様であればお分かりになりますよね。さあ、どういたしましょう？　身内の恥を公表なさりたくないお気持ちは重々承知しております。ここは穏便に、ルドルフさんは領主様と共にもう一つの領地に向かうことになった……ということでいかがでしょう？」

「………………………」

「わたくしの任務はネピアの領地を平穏にすることです。お分かり頂けますか？」

領主は項垂れ、嫌な汗が額から流れ落ちたところで。

「……分かった……」

そう、小さな声で答えた。

「それでは……必要な手続きを進めましょうか？」

ニッコリと微笑んだパトリシアは。

確かな勝利を確信したのだった。

五章◆任務達成でよろしいでしょうか？

Chap.05

領主との話を終えて、外とは正反対に静かな天幕から出たところで、ミシャとパトリシアは揃って大きく息を吐いた。

「緊張したわ」

「僕もです……それよりパトリシアさん！」

興奮冷めやらぬ様子でミシャがパトリシアを見上げてきた。パトリシアの肩ぐらいまでの身長も、恐らくあと数年もすれば逆転してしまうだろう。

「パトリシアさんってドレイク傭兵ギルドの人だったんですか⁉」

「ドレイク傭兵ギルド……ああ、さっきの話ね」

パトリシアは、天幕から離れて先ほど領主に見せたアルトからの推薦状を取り出した。

「あれは嘘よ。推薦状は本物だけれど、わたくしがドレイク傭兵ギルドに居たことは無いわ」

書いては貰ったものの、まさかこの場で役に立つとは。

「えっ？　そうなんですか⁉　僕、ドレイク傭兵ギルドが領主様とルドルフさんを懲らしめに来たのかと……」

拍子抜けするミシャに苦笑しつつ取り出した推薦状をミシャに渡す。旅に出てすぐの頃に出会ったアルトとの思い出が蘇る。ついこの間のことだというのに、随分昔のように思えてしまう。

「ネピアに向かう途中で知り合ったドレイク傭兵ギルドの副団長さんが、ネピアの傭兵ギルドへの推薦状を書いてくれたのよ。それがこの紙よ」

「アルト副団長？　あのアルト副団長と知り合いなんですか？」

更に驚いた様子を見せるミシャにパトリシアも驚いた。アルトという青年はそれほど有名な人物だったのか。

「アルトという方は有名ですの？」

「そりゃもう！　傭兵ギルドといえばエストゥーリ傭兵ギルドが有名だけど、同じぐらい有名なのがドレイク傭兵ギルドで、何より組織が大きくて、離れた大陸でも結構名前が知られているんです！」

「そうだったの……」

「いいな～僕も会ってみたい……」

まさか、旅の途中で知り合った青年がそれほどまでに有名だとは思わなかったパトリシアは、改めて紙を見た。アルトという青年を思い出す。正直、そんなに偉いようには見えなかったというのがパトリシアの印象だった。

「話を戻すけれど、この推薦状……よく見れば推薦状として読んでみるとおかしいのよ」

「え？」

言われたミシャは、改めて中身を読んでみる。が、堅苦しい言い回しだと思っただけで、何がおかしいのかは全く分からなかった。

「どこもおかしくなんかありませんよ？」

ミシャの答えにパトリシアは苦笑する。

推薦状を受け取り、改めて中身の文章を朗読した。

『『ドレイク傭兵ギルド副団長アルトの名の下にパトリシアを推薦する。傭兵ギルドにおいて正しい措置を下すことをドレイクの名の下に要請する』。この文章だけ読むと、推薦するとは言っているけれど、具体的にわたくしをどう推薦しているかが書かれていないの」

推薦をするからには、何の仕事が出来るか、職務は何だったのかを具体的に書くのが筋だ。伯爵家でも使用人を他の貴族に紹介することがあったが、その場合、執事長が推薦状を書く。メイドであれば裁縫が得意だとか、掃除が上手いといった、具体的に何が出来るかを紹介するのが大体の流れだった。

しかし、アルトの推薦状は至ってシンプルで、軽く流し読むだけではそれが仕事を斡旋

していると は到底思えなかった。

そこにパトリシアは気が付いたのだ。この推薦状は、別の用途に使うことを想定しているのではないか、と。

「わたくしがネピアの傭兵ギルドに興味があるとお伝えしたら、このような形の推薦状を渡してきてくださったのですよ」

「このような形っていうのは？」

「わたくしがドレイク傭兵ギルドと縁故ある人間であるということだけは伝わる推薦状、です」

「ふーん……それにしてもパトリシアさんすごいですね！　あんな風に領主様を納得させちゃうなんて」

「人は悪事に手を染めている場合、得てして後ろめたい気持ちが強いものなの。だから、それを正す地位にある者の名前を出せば大人しく従うかなって。少し博打に近かったわ」

前世の仕事で経験した、内部監査やら某監督署やらの前触れのない抜き打ち調査を思い出し、パトリシアはほんの少し胃が竦む気持ちになった。勿論、疚しいことなんてしていないのだけれども。

「はぁ～良かった！　これでみんな、怖い思いをしなくて済むようになりますね」

「ええ。ルドルフが退任してくれれば、きっと少しずつレイド傭兵ギルドも変わっていくわ」

「へへ……何よりパトリシアさんが事務員になってくれるんだもんね！」

満面の笑みを浮かべるミシャの表情は心からパトリシアの就任を喜んでいることが分かる。緊張も解けたのか、声色も弾んでいるように聞こえた。

「これからも一緒に続けられたら嬉しいなぁ……ねえパトリシアさん、これからもレイド傭兵ギルドに居てくれますよね？」

改まってミシャに聞かれる。

「……ええ。勿論よ」

パトリシアが少し考えた後、肯定してみれば、ミシャの顔はますます喜びに溢れた。

その様子の分かりやすさにパトリシアは苦笑した。

ミシャとヒースに依頼を持ち掛けた時は、本当に事務員として勤めるのかと問われれば頷くことは出来なかった。

勿論仕事自体に興味はあったし、事務職は魅力的だった。けれども環境が劣悪であったのは事実。ルドルフを退任させたからといって、環境が変わるかは分からないし、魅力あるものかは分からない。

けれど、今のパトリシアは知っている。二人に対し、町の人達が期待と信頼を抱いているということを。

パトリシア自身、ヒースとミシャのいるここが好きになっているということも今なら分かるのだ。

「そうだ！　急いでこのお金をしまいたいな……僕、こんな大金をずっと持ってると落ち着かないや……」

「そうね。これからのことも色々と考えないといけないし、一度家に戻りましょう。……それにしてもヒースさんどちらにいらっしゃるのかしら」

領主に会えるチャンスが今回しか無いと思い行動に踏み切ったが、話をした後のことまでは段取りを付けていない。ルドルフが行動に出る前に、先に手を考えなければならない。

そのためにもヒースの力を借りたかったのだが、結局彼が現れることはなかった。

(もう……どうしてこういう時に役立ってくださらないのかしら)

パトリシアは眉を寄せ、表情を曇らせた。不安と緊張しかない領主との対面にヒースがいれば、どれほど心強かっただろうか。

「ヒースさん、パトリシアさんの家に戻ってきてるかな……」

「そうですね。もしかしたらわたくしの家の前で待っているかもしれません。行きましょう」

領主との話し合いの結果も早く彼に伝えたい。

祭りの賑やかさは落ち着いてきており、町の声は歩けば歩くほど遠ざかる。

気が付けば陽も落ちて微かに月も見え始めた。

自宅に近付いてくるにつれ、身体の疲労が増してくる。今はとにかく気疲れした身体を早く休ませたい。

自宅に到着したところでパトリシアが扉の鍵を取り出す。

「あら……？」

鍵を鍵穴に差し入れたパトリシアは、思わず声を出すと首を傾ける。

「どうしたんですか？」

「鍵が……」

開いていると、パトリシアが言おうとした途端、扉が盛大に開いた。

急に扉が開いたことで体勢を崩したパトリシアは誰かの手により強引に引っ張られ、家の中に放り込まれる。

それと同時に背後から頭に痛烈な痛みが走り、パトリシアは意識を失った。


意識が浮上する。

「……うっ……」

ズキズキと痛む頭に意識が覚醒していく。何が起きたのか分からず目を開けてみれば、そこは自宅ではなかった。

薄汚れた床、建てつけの悪い窓の外は既に薄暗い。

「ここは……」

間違いない。レイド傭兵ギルドの古い建物の中だった。

「目が覚めたかよ？　お嬢さん」

突然のことに硬直していたパトリシアは低い男の声に思わず顔を上げるが、床に倒れたままのパトリシアには、すぐに声の主を確認することが出来ない。自身の手首が後ろ手に拘束されていることに気が付く。そして隣には、同じように転がされているミシャの姿があった。ミシャも意識が覚醒したらしく、小さく呻いている。

パトリシアは改めて男の声がした方向に視線を向け、すぐさま現状を理解した。

そこにはルドルフの姿があったのだ。彼はミシャが持っていた報酬を腰に巻き付け、ニヤニヤと表情を歪ませながらパトリシアを見下ろしていた。

薄明かりの中で視界がはっきりとしてくれば、ルドルフの知り合いらしき男達に囲まれていることも分かった。天幕の外で見た顔もある。彼等はルドルフの仲間だろう。

パトリシアの家ではなくレイド傭兵ギルドの拠点に居るということは、どうやらミシャと共に運ばれてきたらしい。

「よくも好き勝手動いてくれたなぁ……あぁ？　おい！」

「……っ……ぐ……！」

「ミシャ！」

容赦無くミシャの腹部を蹴りつけるルドルフの行動に、パトリシアは悲鳴を上げた。蹴られたミシャは苦しそうに蹲りながら咳をする。口に吐血の痕も見える。パトリシアは慌ててミシャに駆け寄ろうとするが、腕が拘束されており、ミシャの下へ向かおうにも足がもつれ、その場に転んだ。

「どうして……」

動揺しているパトリシアが思わず零すと、ルドルフは唾を吐きながら近づいてくる。パトリシアが逃げようとすれば、傍にいた男の一人に腕を強く掴まれた。

「どうしてだぁ？　アンタが子爵のところに来てペラペラとお喋りしたからに決まってるだろうが……！　子爵の使いから知らせが来たんでね……話は聞いてるんだよ」

その言葉に、パトリシアは先ほどまでの領主とのやりとりを思い出した。

確か、秘書の男が領主に耳打ちされた後に姿を消していた。

パトリシアが言ったことの真相を調べに行かせたのではと思っていたが違った。秘書はその場でルドルフに報せに行っていたのだ。

（失敗した……！）

血の絆というものがどれだけ強いかパトリシアはよく知っていたというのに、見誤った。

事を急いだ結果、こうしてミシャに傷を負わせてしまった。

悔しくて、それ以上に怖くて身体が震えた。

「可愛いツラして恐ろしいことしてくれるな……！」

ルドルフが怒りを露わにすれば、パトリシアを拘束していた男が強く三つ編みを引っ張る。髪を引っ張られる痛みに叫びながら、パトリシアは引き摺られるようにルドルフの前に引き寄せられた。

怖い。

恐怖で身体が震えて逃げたくても逃げられない。

しかし、パトリシアは意を決し引っ張られた髪が痛むのを堪え、身体を無理やり引いた。

「うおっ！」

まさか引っ張られると思っていなかったらしい男は姿勢を崩す。その瞬間三つ編みを掴んでいた腕が緩むのをパトリシアは見逃さなかった。

「ミシャ！」

パトリシアは男から離れミシャに急いで駆け寄った。腕は使えずともどうにか逃げなければ。

「このクソがっ！」

体勢を崩していた男が怒りを露わにパトリシアの腕を引っ張った。ミシャに触れるよりも前にパトリシアは男によって首を思いきり締め付けられた。

「うっ………」

苦しい。

首を絞められることで息も出来ず、抗おうにも腕は拘束されている。あまりの苦しさと痛みに涙が滲む。

「ぶっ殺してやる……！」

目前の男から感じる殺意は確かなもので、パトリシアは朦朧とした意識の中で死を、恐怖を強く感じ目を閉じた。その時。

硝子の割れる音と共に男の醜い悲鳴が聞こえた。途端、首を絞められていた痛みが消えてパトリシアは床に落ちた。

苦しみと恐怖から目を閉じたままだったパトリシアは、突如響いた激しい騒音に恐怖が打ち破られ目を開いた。目の前に拳ほどの大きさの石が転がっていた。どうやらこの石がパトリシアを拘束していた男目掛けて投げられ硝子を割ったらしい。

硝子が割れる音がしてすぐ、建物の扉が大きな音を立てて開いた。その勢いは突風のように一瞬の出来事としてパトリシアの視界に映し出された。

「ぐあっ……！」

疾走する何かが、パトリシアを拘束していた男に向かって襲い掛かる。その軽やかさは日頃の飄々とした姿からは想像も出来ないほどで、素早く的確に動き、瞬く間に男の行動を制御する。

無造作に伸びた髪がふわりと揺れる。眼差しは的確に男達を刺す。それはさながら獲物を狩る鷹のように鋭かった。表情は普段が嘘のように真剣で、それでいて気迫に満ちていた。

（ヒースさん……？）

現れた男はヒースだった。

あまりにも普段の彼と違いすぎて、状況が状況だというのにパトリシアは茫然とヒースを見つめていた。するとパトリシアの視線に気付いたのだろうヒースの鋭い眼差しがこちらを見ると、その瞳を和らげた。

「……悪い嬢ちゃん。遅くなった」

額に汗を伝わせ謝る彼は、反撃する隙も与えないままに拘束した男を手刀で気絶させ、そのまま他の男に攻撃を仕掛けた。

突然の奇襲により意表を突かれた男達は為す術もなくヒースによって打ち倒されていくように見えた。

落ち着いて見れば分かる。

ヒースの行動があまりにも速く、他の男達が付いていけないのだ。

「ぐっ……！」

「うあっ！」

数人居た男達は帯刀していたにも拘わらず、素手のヒースによって一人、また一人と倒れていく。

「この……野郎！」

あまりの速さに茫然としていたルドルフは、鞘から剣を抜くとヒースに向かった。その気迫と怒声はパトリシアの身体を竦ませた。

ルドルフの振り下ろした剣を、ヒースは流れるようにかわし、そのままルドルフの懐の内に入ると肘でルドルフの腹部を殴打した。

痛みに呻くルドルフが身を屈ませ、それでもかわされた剣をもう一度ヒースに向けて突き刺そうと刃を振るう。ヒースは目を細めると、その剣先をやはり軽やかにかわす。

「クソが……！　おい！　お前ら、黙ってねえで取り押さえろ！」

二度に亘り剣をかわされたことにプライドが傷ついたのか、ルドルフはこめかみに血管を浮かばせながら、棒立ちしていた仲間に向かって声を張り上げる。怒涛の展開に茫然としていた男達はルドルフの声に気を取り直し、各々が慌てたように剣を抜いた。

ヒースは男達の様子を確認すると、ミシャとパトリシアを守るように二人の前に立ち塞がった。

男の一人が襲い掛かる。狭い建物の中では身動きすることも難しいというのに、ヒースは横に倒れていた椅子を片足で器用に立たせると、男の剣を椅子で防いだ。

「なっ」

男の剣はヒースを斬りつけたはずが、目の前に現れた椅子を突き刺したせいで抜けなくなる。どうにか剣を抜こうとするが、ヒースの長い脚が風を切って男の腹部を蹴った。その場で激しい物音を立て、男が倒れ込んだ。

ヒースは男が椅子に刺した剣を軽々と抜くと、剣先をルドルフ達に向けた。

「嬢ちゃん。動けるか？」

「は、はい」

背後で様子を見守っていたパトリシアが呼ばれる。あまりの緊張から上擦った声で返事をした。

「そこだと危ないんで、後ろに下がっていてくれるかな」

「わ……分かりました」

ヒースはいつもとまるで変わらない声色で話しているはずなのに、彼の声はパトリシアに強く指示を出していた。

パトリシアは緊張した空気の中、ミシャの傍に寄り添い彼の名を呼ぶ。ミシャは、先ほど蹴られたことにより脂汗を滲ませていたが、それでも頷くとパトリシアと共にゆっくりと後ろへ下がった。

突如、空気が変わる。ルドルフともう一人の男が同時にヒースに斬りかかってきたのだ。

「…………っ！」

パトリシアは恐怖から身を竦ませたが、ヒースは襲ってきた二人の剣を持っていた剣で制した。

キンッと金属がぶつかり合う音。

ルドルフともう一人の男の二人から一斉に襲われたというのに、ヒースの様子はひどく落ち着いていた。重くなった剣を柄から持ち直すと、力の軌道を緩め、重心を剣に掛けていた男が体勢を崩す。

目の前で起きている光景は、まるで明子の時に見ていたアクション映画のようだった。

それこそ、非現実的な世界のように見える。

けれど、これは現実だ。

今、目の前で繰り広げられている光景は夢ではなく現実なのだ。

「…………がはっ！」

ルドルフは、何が起きているのか全く理解出来ていなかった。幾度もの争いや護衛に傭兵として駆り出されたことはあった。ルドルフは傭兵として実力がないわけではない。屈強靭な体軀と乱暴なまでの腕力により態度は最悪でも結果は残している。己の剣術にも体術にも自信と誇りがあった。

だから、今自分に何が起きているのか、信じたくなかった。

ルドルフよりも軟弱だと思っていたヒースに、今の自分が手も足も出ないほど押されている事実を。剣術も、体術すらもあっさりとかわすヒースの動きに無駄はなく、まるで行動を見透かしているように、ヒースはルドルフの攻撃をかわしていくのだ。

ルドルフには分かる。ヒースは強い。それも、今までルドルフが対峙したことがないほど、強い。

（そんな奴がどうしてこんな田舎にいるんだよ……⁉）

ルドルフの仲間達が一人、また一人とヒースによってなぎ倒されていく光景を眺めながら、ルドルフの足は震え出した。

傭兵として実力があるからこそ分かる。ヒースはルドルフが敵うような相手ではない。

正攻法で戦うのは不利だ。どうすれば……

ルドルフはパトリシアとミシャを見るが、二人の前にヒースが立ち塞がっていることが分かった。

（アイツらを盾にするのは無理だ！）

ヒースを見るに、ルドルフの行動などお見通しなのだ。ヒースは指一本たりともパトリシアとミシャに触れられないよう距離を計算してルドルフの前にいる。

（どうすれば……どうすれば……！）

仲間の数を見れば、残り二人。彼等もヒースの強さに顔が青褪めていた。既に戦意喪失しているのは見て明らかだった。

「……大人しく捕まるかい？」

ヒースからの最後の情けだろう。だが、ルドルフには受け入れられなかった。

（捕まってたまるか！）

ルドルフが捕らえられれば領主にまで影響が及ぶ。それだけはあってはならない。今まで彼と結託し、内密にやってきた違法行為が公の場に出てしまえば、ルドルフだけではなく領主も捕らえられるだろう。そうなったら、ルドルフは領主と取引をしてきた者に殺されるかもしれない。それほどのことをしてきたのだ。口封じなど、当たり前にするような連中と手を組んできたのだ。

（逃げるんだ……！）

ルドルフは手元に転がっていた瓶を手に持つと、勢いよくパトリシアとミシャ目掛けて投げた。急に投げつけられた瓶をヒースが身を動かし手で受け止める。その隙に、ルドルフは窓に向かい勢いよく飛び出した。

激しい硝子の割れる音。ルドルフは破片で肌を傷つけながらも受け身を取った後、走り出した。

「ルドルフ！　お前！」

建物から仲間の非難する叫び声が聞こえたがルドルフは構わずその場から離れる。ミシャから奪った金もある。自分一人なら逃げ切れる！

残された男達は愕然とした様子を見せた後、慌てたように建物から逃げ出した。

先ほどの喧騒が嘘のように、辺りが静寂に包まれた。

静まり返った建物の中でヒースがはぁ、と息を吐く。

それからすぐに壁際に寄ったパトリシアとミシャの下に駆け付けた。

パトリシアを見ると、一息つく間も無く近付き抱き起こし、両腕を縛っていた縄を解いた。

「大丈夫か？」

「だ……いじょうぶです。それよりミシャを……！」

パトリシアが我を取り戻し慌ててミシャを見れば、ヒースは優しくパトリシアを椅子に座らせた後、ミシャに駆け寄った。ミシャは腹部の痛みが残っているためか、身体を動かすと苦しそうにしていた。ミシャに付けられていた拘束を外してから労わるように髪を撫でた。ヒースは立ち上がり、パトリシアを見る。

「すぐに医者を呼ぶ」

「あ……」

「大丈夫だ。もう誰もあんたらに手を出さないよ……出させない」

未だ緊張と恐怖を抱いてしまうパトリシアに対し、安心させるようにヒースが囁けば、パトリシアの緊張が少しずつ落ち着いてきた。

（もう……大丈夫……）

体が急に暖かくなってきた気がした。血がドクドクと煩く流れ出しているような感覚。

これほどまでに緊張したことなど、今まで無かった。

急な緊張の解れから眦に涙が浮かぶが、パトリシアはグッと堪え扉の先を見る。

「あの……彼等、逃げたようですが、よろしいのでしょうか……？」

「大丈夫だよ。残りはあいつらに任せるとしよう」

あいつら？

ヒースの言葉に首を傾げていれば、ヒースは苦笑したのだった。

彼の言葉を聞いた後、外が騒がしくなった。先ほど逃げ出した男達の悲鳴に似た声が少し遠くから聞こえてきた。

そして大きな足音が近付いてくると、古びた建物の扉を大きく開けた。

「大丈夫か！」

その場に立っていたのは、体格の良い壮年の男性だった。鎧を身につけており、服装からして傭兵だと分かった。

「ほら、やっと来た」

ヒースの声にパトリシアはヒースが彼等を呼び出したのだと理解した。

「遅いぞ、爺さん。引退するか？」

「阿呆！　お前が早すぎだ！」

遠くから馬の嘶きと共に誰かの叫ぶような声が聞こえてきた。

パトリシアは、震える身体に鞭打って外に出た。

町はざわめいていた。

見てみれば、先ほど逃げ出した男二人が傭兵らしき者達に取り押さえられていた。

ドレイク傭兵ギルドの者は、彼らの特徴である藍色の甲冑を身につけている。特に位の高い者は剣の鞘にドレイクの紋章である獅子が刻まれていた。誰が見ても、彼らがドレイク傭兵ギルドの人間であると理解出来た。

改めてパトリシアは建物に入ってきた中年の男性を見つめた。他の者達よりも勲章を多く付け、年季の入った鎧を身につけた男。

彼が、ドレイク傭兵ギルドの中でも高い役職にあることは一目瞭然だった。

「あんたがヒースの言っていたお嬢さんか」

男性の顔には傷が刻まれており、左目は傷によって塞がれていた。右目の瞳は穏やかにパトリシアを見つめていた。

男性は改めてパトリシアの前に立ち止まった。

「ドレイク傭兵ギルド団長のモンドだ」

「パトリシアと申します……」

「怪我をしているな。医療に長けたギルド団員も連れてきているから治療して貰うといい」

「ありがとうございます……あの、ルドルフは……」

「ああ。あいつなら何とかなるだろう」

そう告げるとモンドはニヤリと笑ったのだ。

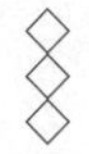

ルドルフは息をひどく切らしながら走っていた。
腰に付けた報奨金がせわしなく音を鳴らしている。
（逃げろ……逃げろ……！）
ルドルフは汗を垂らしながら走る。そうしている間に頬が緩む。

大丈夫だ。立て直せる。金さえあれば一時的に姿を晦ませてから、やり直せるだろう。そうだ、領主からも身を隠しておくべきかもしれない。遠くの地まで逃げればいい。

町を離れるために走り続けていたルドルフの後ろから、一瞬風が走り、何かが頬を伝った。

「何処に行くんだよ」

次いで感じたのは痛みだった。

ルドルフは背後から聞こえてきた声と、そして頬の痛みに足を止めた。頬に触れてみれば僅かに皮膚が切れて血が滴っていた。

何が起きたのかと恐る恐る振り向き、そして固まった。

そこでは、小型のナイフを手に持ったアルトが仏頂面をしてルドルフを睨んでいたからだ。

「…………傭兵のくせにダセェことしやがって。二度と傭兵を名乗るなよ」

「あ、あ……」

ルドルフは薄暗い闇夜の中でも、金髪の男が身につけている鎧が名立たるドレイク傭兵ギルドのものだとすぐに分かった。

「これ以上手間かけさせんなよ。分かるだろ？」

僅かに苛立った声色に逆らう気力などもはやルドルフには無く、その場にゆっくりと膝をつき、静かに項垂れた。

町の騒ぎは収まらず、レイド傭兵ギルドの周辺は人で賑わっていた。

パトリシアはミシャと共にドレイク傭兵ギルドの団員による治療を受けた。

「……怖かっただろうに。よく耐えたな」

拘束されたことによって擦れた手首や肌に出来た傷を手当てして貰ったパトリシアに対し、モンドは労わるように優しく声を掛けてくれた。ミシャもまた、他の団員によって蹴られた箇所に湿布や包帯を巻かれているところだ。

「ありがとうございます……あの、でもどうして……？」

パトリシアの言葉に、モンドは目を大きく見開いた。灰色の瞳が幾分か幼く見えた。

「ヒースから何も聞いとらんのか？」

「はい……どういうことでしょう？」

「ふむ。まあ、説明は後にしよう。すまないが儂はこれからあいつらを尋問せんといかんからな」

モンドが親指で建物の入り口を指せば、扉の前にはアルトが立っていた。その横には拘束された状態で項垂れたルドルフが並んでいる。

パトリシアは思わず大きく目を見開いてアルトとルドルフを見た。ふと、アルトと目が合えば、彼は不機嫌そうに視線を逸らした。

「細かいことは後でヒースに聞いとくれ。おい、アルト！」

「はっ」

アルトはルドルフを近くにいた団員に押し付けるとモンドの傍にやってきた。

近寄ってくる男性の姿は、ヴドゥーで会ったアルトそのものだった。アルトはチラッと気まずそうにパトリシアを見たが、すぐに元の表情に戻りモンドの前に立った。

「この場の後始末を頼む。儂はこれから憲兵の駐屯地まであいつらを連れて行ってくる」

「分かりました」

「ああ、一つだけ……パトリシア嬢。どうせヒースの奴は何も言わんだろうから、儂から言っておく。ヒースはあんたらのことを心配して、儂を呼び出したんだ。町で合流したんだが、祭りの騒ぎで人が多く、道も塞がれて馬が通れんだろう？　そしたらあいつはなんと馬を捨てて全速力で走りおった。奴のあんな必死な姿を儂は初めて見たよ」

楽しそうに笑うモンドの様子にパトリシアは呆気に取られた。パトリシアもまた、そんな必死なヒースの姿なんて見たことは無い。

そう、今までは。

「あいつは自分のことは話さんだろうからな。だが、儂らを強引に呼び出し連れてきたのもあいつだということを、覚えておいとくれ」

「……はい……」

モンドは挨拶を交わすとすぐにヒースの下に行き、二言三言話すと傭兵ギルドの指揮を執り始めた。ルドルフを連行するための話し合いを進めているようだ。

パトリシアは黙ったまま、ずっとその様子を見守っていた。

「まさかこんなところで会うとはね」

二人を見つめたまま黙っているパトリシアに、アルトが話しかけてきた。先ほどまでの真面目な顔は何処へやら、太々しい様子でパトリシアを見ていた。

「……貴方、レイド傭兵ギルドがどんな状態なのかご存じでしたのね？」

「……ああ」

「分かっていて推薦状を渡してくるなんて」

パトリシアは非難を込めた視線を投げつけるが、アルトはニヤつくだけで何も言わない。悔しい。全てお見通しだったのだろう。

「嫌な人ね……でも貴方は、この推薦状さえあれば、ルドルフがわたくしに余計な手を出さないとも考えたのでしょう？」

ニヤついていたアルトの表情が固まった。

「違う？」

答えない。つまり、それが答えだ。

アルトは全てを知った上で、パトリシアを止めることをしなかった。

それでも、何かあった時のためにと保険をかける意味で、自身の推薦状をパトリシアに寄越した。

もし実際にルドルフに会い仕事をしたいと言えば、彼に何をされたか分からない。それでも、ドレイク傭兵ギルドの推薦で来たのだと分かれば、ルドルフも手を出さなかったかもしれない。

実際は推薦状をギルドで使うこともなかったし、本来の推薦状としてではなく、全く違う使われ方をしたのだが。

「……心配してくださったこと、御礼申し上げますわ」

彼の意思がどうであれ、助けられたことは事実。パトリシアは御礼だけでも伝えたかった。

パトリシアは、ヴドゥーでは見せたことのない、穏やかな顔をして礼を述べる。どれだけ嫌みを吐かれたとしても、心配してくれていたという気持ちは嬉しかったのだ。

とはいえ本当に心配しているのであれば、事情を説明して止めるのが筋だろうが、それに関しては目を瞑ることにした。

「……俺は何もしてない。……から、礼なんて言うな」

「わたくしが言いたいのですよ。でも事情を隠していたことに対しては、抗議したいところだわ」

アルトに一言だけ苦言を伝えた後、パトリシアは立ち上がった。モンドから告げられた話について、改めて彼から事情を聞きたいと思ったのだ。

「それじゃあ」

パトリシアはその場を離れ、建物から出ていく。

アルトは、ヒースの下に向かうパトリシアの姿を見ているだけで、どうしようもない胸のざわつきを感じたことに気が付いた。

「…………なんだよ」

もう少し何か話すことがあったはずなのに、その会話を打ち切られたような不快感。

けれど、これ以上話すことなんてないのだ。

アルトは窓辺から、外に出ていったパトリシアに視線を向ける。ヒースの隣に立ち、話を始めるパトリシアの様子をじっと見つめた。

どうしてか分からないが、頰を熱くさせながら。

「ミシャは問題ないそうだ。口を切ったせいで血を吐いてたみたいだ。腹も蹴られていたが骨は折れていない。痣にはなっちゃいるが……無事だよ」

「そう……！　良かった………」

ミシャの怪我の状態を聞いたパトリシアは、心から安堵した。それでも痛かったであろうミシャのことを思い出すだけで、胸が痛む。

自身の行動を悔やんでいると、ヒースから視線を感じ、顔を上げた。いつにも増して真剣な目で見てくるヒースに、パトリシアは焦った。

「あんたは無事か？」

心配する声と共に、ヒースの手がパトリシアの頬に触れた。床に転がった時に頬を擦っていたようで、少し赤くなった頬を見てヒースは眉を顰めた。

「わたくしは大丈夫です。それよりも……どういうことなのか説明して頂けます？」

パトリシアの聞きたいことを察したらしいヒースは、「少し待ってろ」と告げると傭兵ギルドの建物の中に向かった。

建物には未だアルトと、他の団員の姿が見られた。中は硝子の破片が転がり、散らかったままだった。

「彼女を家に帰してくる」

ドレイク傭兵ギルドの一人に声を掛ける。一瞬、アルトとヒースの目が合うがヒースは気にもせず、すぐにパトリシアの下へと戻る。

「ヒースさん……」

「あんたの家で説明する。邪魔させて貰うよ」

「……分かりました……」

帰らされることに気付いて抗議の声を上げたものの、あっさりヒースに制されてしまう。

結局黙ったままのヒースに押し負け、パトリシアも隣で黙ったまま歩き出した。


パトリシアの家に入り、灯りを灯す。すっかり夜になっていた世界に光が差す。

お茶を用意しようと思ったパトリシアだったが、ヒースによって手を掴まれ、そのまま椅子に座らされた。

「あんたはここで大人しくしててくれ」

「…………」

仕事で何度も出入りしているせいか、パトリシアの家だというのに、ヒースは勝手知ったる様子でポットを火にかけ、茶葉を用意する。湯を沸かす間に茶葉を取り出す。

「ここで領主に直談判する話を聞いた時に、俺はモンドに手紙を送っておいたんだ」

「…………」

湯が沸くまでの間、淡々と言葉を選ぶ。

「嬢ちゃんが思う以上に、領主の子爵はルドルフと繋がりが深くてね。素直にあんたの話に従ってくれるならそれはそれでいいと思った。だが、もしそれでもルドルフに加担するなら、あんた達が危険な目に遭うと考えた」

沸いた湯を茶葉の入ったポットに入れ、蒸らす間にカップを棚から取り出す。

「以前からルドルフと子爵の良くない噂は聞いていたものの、憲兵が動くに至る証拠も無かった。ドレイク傭兵ギルドも動いてはいたが決定打を打てないことを俺は知っていたからさ、水祭りの間に大きな動きがあるかもしれないって伝えておいたんだ」

「そんなことがあったのね……」

茶をカップに注ぎ、パトリシアの下に持ってきてくれる。パトリシアはそれを受け取りゆっくりと口に含む。温かいお茶の味に、ようやく一息つけた気がした。

自身のカップを卓上に置いた後、何かに気づいたようにヒースがまた台所へ向かう。綺麗な布を取り出し先ほど温めた湯をかけてから軽く絞ると、パトリシアの前に戻ってきた。

「………？」

「じっとしてろ」

何をするのだろうと眺めていると、ヒースは温かい布をそっとパトリシアの頬にあてた。温かなタオルの感触と共に、ほんの少しついた擦り傷が痛む。

「綺麗な顔に傷をつけやがって……」

忌ま忌ましそうに吐き出すヒースの顔は、心底怒っていた。怒りの対象は、パトリシアではなくルドルフだ。

パトリシアは、こんな風に怒るヒースを初めて見た。

最初の頃こそ何を考えているのか分からない人だった。飄々としているし、人を子ども扱いするし。

けれど、違った。彼は言葉にしないだけで、試行錯誤しながら誰よりも先のことを考えていた。そして、人の傷を心から労ってくれる人だった。

パトリシアは恥じた。

自分だけでどうにか出来ると思っていたが、それは傲慢な考えだったし浅はかだった。

「……ヒースさん」

「うん？」

「……助けてくださって、ありがとうございました」

素直に頬の手当てを受けながら、パトリシアはヒースに向けて感謝を伝えた。

きっとこんな言葉だけでは足りないぐらい、ヒースには迷惑を掛けていたのだと思う。

それでも彼は何も言わず、ただ黙ってパトリシアの言うことに従ってくれていた。それが彼の優しさなのだと、今のパトリシアには分かった。

ヒースは目元に皺を寄せ、表情を崩し微かに微笑んだ。

「依頼人を守るのが傭兵の仕事だろう？」

言われてからそういえば、と思った。

パトリシアはヒースに対し、依頼をした側だった。

「これで依頼は解決出来そうかしら？」

依頼とは、パトリシアが問題なく傭兵ギルドで仕事を出来るようにすること、だ。

ルドルフとその後ろ盾の子爵との罪状が明らかになるとすれば、遠くない未来ルドルフがレイド傭兵ギルドから除名されることは確定だろう。

実際のところ、ルドルフとヒース、そしてミシャしかいないレイド傭兵ギルドを存続させるのかという声も上がってきそうだが、それでもパトリシアは働きたいと思った。

ミシャとヒース、この三人で一緒に。

「……出来るさ」

頬の手当てを終えたヒースが、優しくパトリシアの頭を撫でた。


翌日。

「パトリシアさん、具合は大丈夫ですか？」

「ミシャ」

自宅で安静にするよう言い渡されていたパトリシアだが、それでも落ち着いていられずレイド傭兵ギルドの拠点に入ってみれば、そこには数人の町人とミシャがいた。

ミシャはパトリシアの姿を見ると慌てて駆け寄ってきて傷を心配してくれる。彼も怪我をしたというのに。パトリシアは僅かに表情を曇らせ、ミシャの頭を優しく撫でた。

それから、ミシャと共に後処理をしていたであろう町の人達に礼を告げると、逆に感謝の言葉を返されてしまった。

「ルドルフの野郎を追放してくれて感謝しているよ」

「ありがとうなぁ、お嬢さん」

「ミシャが最近楽しそうで、こっちも嬉しいんだよ。特にアンタの話はよく聞いてるよ」

人々が口にする称賛の言葉を、パトリシアは気恥ずかしさを感じながらも受け止めた。明子の時も評価されることは嬉しかった。それと同時に、人との繋がりに喜びを感じていた。

こうしてまた喜びを得られることが何よりも嬉しくて。

「……………こちらこそ、ありがとうございます……」

涙が眦に浮かんできた。零れないよう堪えて笑った。

必要とされることがこんなにも喜ばしいことだと、前世を思い出すまで分からなかった。

「随分な人だかりだな」

入り口から聞き慣れた男の声がした。

見ればヒースが立っていた。ヒースが訪れたと分かると、町の人は彼にも称賛の言葉を贈る。打ち解けた様子を見ているだけで心が温まる気がした。

「嬢ちゃん。休んでいなくて大丈夫なのか？」

「ええ、じっとしてなんていられなくて」

「だと思った」

言葉を返すヒースの表情は、いつもと変わらない。あのルドルフに向かって挑んだ鋭利な眼差しが嘘だったかのように、穏やかだった。

「来てると思ったから丁度良かったよ。ほら」

そうしてヒースから手渡されたものは、花束だった。

水色を基調に淡い桃色を配した可愛らしい花束をパトリシアは茫然と眺めていた。

「……………これは？」

「花だよ」

それは、見れば分かる。

「そうではなくて」

顔を上げ、ヒースを見た瞬間。パトリシアはミシャの言葉を思い出した。

女性を女神に見立て日頃の感謝を捧げる行事があると、ミシャは確かに言っていたのだ。花束を見てみれば、湖を彷彿させる水色の花が多かった。

パトリシアにだけ聞こえるように、耳元でヒースが囁く。間近に迫るヒースの深緑色の眼差しから目が離せなかった。

「貴女は私に水の如く恩恵を授けてくださるネピアの女神。その祝福を飽くことなく与えたまえ、遥かなる美しき女神」

呪文のように演劇のように唱えられる言葉は、何処かで聞き覚えがあった。それは、祭事を司る司祭が唱えていた祈りによく似ていた。

ヒースの指がパトリシアの三つ編みに触れた。

「ネピアの女神に祝福を……なんてな」

低く響く声色が最後に揶揄うようなものに変わり、こちらを見つめてくる。

パトリシアはどんな顔をすればよいのか分からず。

「……いつも飲みに行くからご存じないと仰っていたでしょうに」

こんな言葉しか口に出来ず。

悪戯が成功したことを喜ぶ少年のような顔で笑う年上の男に、心の中で悪態を吐くしかなかった。

こんなのは反則だ、と。

ネピアの町で一つ大きな騒ぎがあった。

水祭りの最中、レイド傭兵ギルドのルドルフ団長が逮捕されたのだ。傭兵ギルドの元事務員の供述により、ルドルフの数々に亘る罪状が露見した。

人々を更に驚かせたのは、ネピアの領主も共に裁判に立たされたということだった。

国の裁判所に召喚された二人の罪状が明らかにされたらしい。領主はその地位を剝奪されたという。ルドルフに関しても何かしらの刑が突き付けられたらしいが、ネピアの民はようやく問題ある者がいなくなったことへの安堵と、新たに就任することになった領主への関心でいっぱいだった。

新しい領主は若いながらもしっかりした人だという噂だけが流れている。いずれ民に対してお披露目の機会を設けるという話もあるらしく、領民はその日を今か今かと待ち望んでいる状態だった。

そんな賑やかなネピアの町にある小さな傭兵ギルドにも、それこそ小さな変化が訪れていた。

新しい団長の就任と新しい事務員の採用という変化が。

「改めてパトリシアさんよろしくお願いします！」

「はい。今更ではありますが、有り難いことに事務員として本日からお勤めさせて頂くことになりましたパトリシアです。どうぞよろしくお願い致します」

わーいとパチパチ拍手を送るミシャの笑顔にパトリシアも笑顔で応える。

「ヒースさんもお願いします！」

「……ひじょーに不本意ながら団長に就任したヒースだ……頼むから勘弁してくれよ……」

　ミシャとパトリシアの二人に囲まれてヒースは泣きそうだった。

　水祭りから一週間が経った今、三人はレイド傭兵ギルドの拠点に居た。ミシャの怪我は三日ほど安静にしたら良くなったため、四日目には仕事を再開していた。二人が町に出れば皆が心配し労わってくれ、最後は称賛の嵐だった。ネピアの民は、ルドルフを追い出した真の功績が彼ら三人にあることを知っているのだ。それは一部の人から始まり、今ではネピアの町の住人全ての知るところとなっていた。

　しかしルドルフを除名した結果、団長の席が空いてしまった。傭兵ギルドを存続させるには団長の名が必要になる。そのためミシャとパトリシアはヒースを傭兵ギルドの団長にと推薦したが全力で拒否された。

　しかし。

「ヒースさん？　わたくしの依頼は貴方が団長にならないと果たされないのですけれど？」

「ヒースさんお願いします！　僕、ずっとここで働きたいんです！　お願いします！」

二人からの強い願いと脅迫により、渋々ながらヒースは頷いた。

「では早速ですが、定例会議を行いたいと思います」

「定例会議？」

ミシャが不思議そうにパトリシアを見た。

「ええ。今のわたくし達がやるべきことや方向性を固めるために定期的に会議を行います。そこで課題を見つけていくのです。では、よろしいですか？　ヒース団長」

「好きにしてくれ……」

「それでは始めますわね」

嬉々としたパトリシアにより会議が始まった。


初日を終えたパトリシアとミシャそしてヒースは、古びた拠点に鍵を掛け、夕暮れに差し掛かるネピアの町をゆっくりと歩く。

「それじゃあヒースさん、パトリシアさん。また明日！」

手を振り自身の家に帰るミシャを、彼の背中が見えなくなるまで見つめてから、二人も黙って歩き出す。

言葉はない。少し伸びた影と夕暮れの空。町からは微かに調理の良い匂いが風に乗ってきて鼻腔を刺激する。

パトリシアの自宅まで当然のように送ってくれるヒースと並んで歩くのも、もう何度目だろう。ヒースの行動に、何処か浮つくような感覚があった。

女性扱いされているのだな、と……どうしてか嬉しいと思った。

「今日もお疲れさん」

「ええ。ヒースさんも」

自宅の扉の前に立ち、別れの挨拶を告げる。

沈みだした夕日の光に照らされるヒースの顔をパトリシアは黙って見上げた。

見下ろしてくる形となるヒースの表情はいつも何処か緩く微笑んでいて、何を考えているのか相変わらず分からない。

「じゃあ」

ヒースが声を発すると背を向ける。パトリシアはいつものように黙ってヒースの背中を見つめていた。

が、ヒースがふと立ち止まる。

「………？」

パトリシアがどうしたのだろうと、ヒースの様子をそのまま窺うと、ヒースはゆっくりこちらを振り返り、ふわりと微笑んだ。

「パトリシア」

彼の声が、きれいな発音でパトリシアの名前を呼んだ。

ずっと呼んでほしいと思っていた、パトリシアの名を。

「また依頼があったらいつでも言ってくれ。あんたの依頼なら、何だって引き受けるよ」

夕暮れの光に照らされて、遠くに輝く湖の光が瞬いて。

ヒースの笑みが鮮やかに映し出されて。

「………はい」

か細く応えた声は届いただろうか。

伝えたいことを伝えて満足したのだろう。ヒースはまた道を歩き出す。振り返ることもなく、ゆっくりと。

そんな彼の背中を、パトリシアはずっと見つめていた。

どうしてか緊張していて、近頃いつも赤くなる頬に手を置いて。

ずっと呼んでほしいと思っていた名前を呼ばれてみれば、パトリシアはどう表情を取り繕えばいいか分からなかった。

「…………卑怯ですわ……今更名前を呼ぶだなんて……もう……！」

パトリシアはその場で小さく、吐息を零したのだった。

エピローグ

「それでは、採決を」

単調で低い声が会議室に響く。

男性の議員らは立ち上がると順番に用紙を書記官へ渡していく。十数名が用紙を渡した後、もう一度着席した。

書記官は一枚一枚用紙を開き、中身を書き写す。そこにはそれぞれ名前が記されていた。誰の名が何枚に書かれていたのか集計を行っているのだ。

その間に僅かに雑談が繰り広げられる。会議には職位ある貴族達が連なっている。年齢も様々な上に職業も異なる。貴族以外には有名なギルドの組合長の姿がある。彼等は小声で会話を続けるが、書記官が集計を終えたと分かると皆黙った。

「投票の結果、ネピア領の新領主が決定致しました」

会議の進行を務めていた議員が緊張した面持ちで立ち上がり、用紙に書かれていた名前を告げる。

「レオ・ガーテベルテ子爵」

議員の声に、周囲から動揺の声と拍手が起こった。

名を呼ばれた男性は末端の席に座っていたが、ゆっくりと立ち上がり周囲に向けて視線を投げた。

ざわめいていた室内が静まる。

「投票頂き、深く感謝申し上げます。若輩者ではありますが……ガーテベルテの名に誓い、ネピアにより美しい町を築いて参ります。どうぞ、よろしくお願い致します」

穏やかな笑みを浮かべながらも、瞳は一切笑っていなかった。瞳に宿るそれは、野心の炎と呼ばれるものであった。端整な顔立ちに余裕ある表情で周囲の年長者を圧倒する。

議会は拍手で彼を祝福した。

レオ・ガーテベルテ子爵がネピアの新領主として就任することが決議されたその瞬間のことであった。


レオは大きく溜息を吐いて、ソファにもたれ掛かった。長時間の会議は疲れが溜まる。それも、何一つ有意義と感じられない退屈な時間であれば尚更だ。

「ようやく首を縦に振ったよ……クソジジイども」

先刻まで会議で見せていた余裕ある笑みも、丁寧な言葉遣いも、何一つ残されていない。

疲れたとばかりに髪をくしゃりと潰し、正していた襟元を窮屈そうに開いた。

「お帰りなさいませ」

姿勢を崩し座っているレオに入り口側から声が掛かる。彼女が自邸にいることを知らなかったレオは僅かに眉を寄せてから「居たんだな」と応えた。

「ええ。お兄様の結果が気になりましたので」

「選出された。晴れてネピアの新領主だ」

「おめでとうございます」

令嬢に祝いの言葉を投げかけられても、レオは嬉々とするでもなく聞き流していた。彼にとってみればネピアの領主の座を得るのは当然だとすら思っていた。

令嬢は男の向かいに並ぶソファに腰掛けた。優雅なワンピースドレス。手元はレースのついた長い手袋を嵌めており、貴婦人らしく美しい佇まいで座る女性——アイリーンは真っ直ぐにレオを見つめていた。

「お前の言っていた通り、調べてみればネピアは金になる土地だった。近頃評判が落ちていることは知っていたが、それが内部の不正によるものだとは思わなかった」

「お分かり頂けて何よりですわ」

機嫌よく微笑むアイリーンの表情は軽やかだった。余裕のある笑みを浮かべ、自身の功績への評価を当然のものとして享受している。

レオにネピアの新領主選任会議が行われるという情報を提供してきたのは、アイリーンだった。ネピアの領主が捕らえられる前から新領主を選任する話が出ていたのだ。『ネピアで悪政が行われているようなので、領主が交代するかもしれない』といった情報をもたらしたのは目の前にいるアイリーンその人だった。

レオは彼女が幼少の頃から知っているため、おしとやかな令嬢の姿の裏にとんでもない野心という肉食獣を飼っていることを知っている。だからこそ、彼女の話に乗っかった。

レオとて野心を飼っている。レオ・ガーテベルテ子爵が出世の機会を狙うには、己の手で奪いに行かなければならない。

だから奪いに行ったのだ。

「これからは忙しくなる。何かあったら手紙を寄越せよ」

「分かっています。たまには会いに行ってもよろしいですか？」

「いいけど……恋人はいいのか？」

レオは揶揄う声色で問う。近頃社交の場では、婚約者のいる男を奪った噂で持ち切りだ。彼女らしからぬ失策であることを未だレオは揶揄っているのだ。

アイリーンは僅かに眉をピクリと動かしたものの、動揺は見せず笑みを浮かべる。

「傷ついた彼を癒すのは私の役目ですが、傷ついた名前を取り戻すのは彼の役目ですので……ここで頑張って頂かないと」

レースグローブを嵌めた優雅な指先が口元を覆う。それは、人によっては哀しみに耐えているように見えるかもしれないが、レオには欠伸を隠しているように見えた。

「……ライグ商会の客までは影響は及んでいないんだろう？」

「ええ。醜聞を広めようとする同業はいますが、今のところ売り上げに大きな影響はありませんね」

「まぁ、新会長の様子見をしているってところだろうな。頑張り時ってやつだ」

「仰る通りです。……彼には頑張って頂かなければ」

俯く瞳は、決して恋人を気遣う眼差しではなかった。レオもまた、彼女がそのような表情を浮かべるとは一切思っていない。

「落ち着いたら遊びに来い。歓迎するよ」

「ええ。ネピアは広い湖が広がる穏やかな土地と聞いています。楽しみにしておりますわね」

愛らしい笑みの裏に潜む獣は、まるで旅行の計画を立てるように、新しい獲物を常に物色している。

(俺も食われないようにしないとな)

女であろうと身内であろうと、レオの周囲には警戒すべき相手しかいない。

だが、それで良い。

仕事というのは。
生きるということは、そういうものなのだから。

あとがき

はじめまして、あかこと申します。

この度は『婚約破棄の手続きはお済みですか？　第二の人生を謳歌しようと思ったら、ギルドを立て直すことになりました』を手に取って頂き誠にありがとうございます！

この作品は、WEB小説投稿サイトで書いていた作品で、まさか書籍化のお話を頂けるとは思ってもいなかったので、嬉しい限りです……！

「現世でのスキルを転生した異世界で使える話が書きたい！」と思って、いざ自分の知識を絞り出してみたのですが…………異世界で使えそうなネタがない！　でした。

現代医学を異世界で使う……医学全く知らないから無理……異世界で美味しいご飯を作ってお店を開こう！　……作者が料理苦手だから出来ない……

そんな感じで何のスキルを異世界に転生させて発揮させるんだ……と考え抜いて捻りだした結果が、「社会人スキル」でした。

作者は会社員で、しかも人事や総務といった間接部門でずっと働いてきました。特に新卒で入社した会社では恩人たる上司に社会人として必要な考え方や仕事のやり方を教わってきました。私が作品に出来る異世界転生スキル……そう、それは社会人としてのスキル！

そんな感じで生まれたのがパトリシアです。作者はパトリシアみたいに出来る会社員ではありませんが（笑）。

手に職を持つというのも素敵だし、自身の腕で何かを形に出来る仕事は素晴らしいと思います。私自身、小説家という仕事も幼い頃に夢に描いていたことがあります。しかし、気付けば就職活動期を迎え、何になりたいか分からないままにとにかく仕事をしなければと就職し、会社の命令で間接部門に所属して今に至ります。

そこで得た経験ってとても大切で、生きていく上で必要なスキルだと思っています。仕事をするために必要な知識、会社や個人を守るために作られた法律。組織の中で築かれる人間関係。人生で一番身近に感じるスキルが社会人スキルになっていました。

パトリシアは、そうした生き方を投影させたヒロインです。時に厳しく、時に優しく仕事をこなしていく鉄の女性。ちょっと怖いけれど仕事は出来て、会社や仲間のために貢献することを惜しまない。理想的な上司……！

この本を手に取ってくださった読者の方はどのようなお仕事をしているのでしょう。またはどんな仕事をしたいと考えているのでしょう。仕事や勉学の息抜きに、この本を手に取って頂けたのであれば幸いです。

さて、婚約破棄の手続きはお済みですか。なんと、フロースコミックにてコミカライズをして頂けることになりました。嬉しい！　今からコミカライズを読む日が待ち遠しいです……！　コミカライズって、自分が原作だというのに、全く違う印象や世界を楽しめるから凄いですよね……展開を知っているのに「続きが知りたい〜！」と思います。ナタコ様、どうぞよろしくお願いします。

挿絵を描いてくださった珠梨やすゆき様、ありがとうございました！　どの挿絵も素敵でずっと頬が緩みっぱなしです。

最後に何度もやり取りして下さった編集の中野さん、ありがとうございます！　誰よりもアルト推しだと思っています。彼の出番が多いのは中野さんのお陰です（笑）。これからも引き続きよろしくお願いします。

それでは、また次の機会にお会いできますように！

あかこ

「婚約破棄の手続きはお済みですか？ 第二の人生を謳歌しようと思ったら、
ギルドを立て直すことになりました」の感想をお寄せください。
おたよりのあて先
〒102-8177　東京都千代田区富士見2-13-3
株式会社KADOKAWA　角川ビーンズ文庫編集部気付
「あかこ」先生・「珠梨やすゆき」先生
また、編集部へのご意見ご希望は、同じ住所で「ビーンズ文庫編集部」
までお寄せください。

婚約破棄の手続きはお済みですか？
第二の人生を謳歌しようと思ったら、ギルドを立て直すことになりました

あかこ

角川ビーンズ文庫　23799

令和５年９月１日　初版発行

発行者———山下直久
発　行———株式会社KADOKAWA
〒102-8177　東京都千代田区富士見2-13-3
電話 0570-002-301（ナビダイヤル）
印刷所———株式会社暁印刷
製本所———本間製本株式会社
装幀者———micro fish

●お問い合わせ
https://www.kadokawa.co.jp/（「お問い合わせ」へお進みください）
※内容によっては、お答えできない場合があります。
※サポートは日本国内のみとさせていただきます。
※Japanese text only

ISBN978-4-04-114059-8 C0193 定価はカバーに表示してあります。　◇◇◇

毒殺される悪役令嬢ですが、
いつの間にか
溺愛ルートに
入っていた
ようで
タテスク
コミックにて
コミカライズ
連載中!!!
著◆糸四季
イラスト◆茲助
私は毒で死にたくないだけなのに……
なぜかヒロインそっちのけで愛されて!?
侯爵令嬢オリヴィアは聖女殺害未遂で投獄、
毒を盛られて生涯を終えたはずだった……。
しかし前世の記憶と特殊スキルを与えられ、3年前に時を戻される！
第一王子ノアを救いシナリオ改変を狙うが、
なぜか王子に愛されてしまい!?
シリーズ好評発売中！

●角川ビーンズ文庫●